D1136275

Salvatierra

Pedro Mairal
Salvatierra

Libros del Asteroide

Primera edición, 2021

Copyright © Pedro Mairal, 2008
c/o Indent Literary Agency
www.indentagency.com

© de esta edición, Libros del Asteroide S.L.U.

Imagen de cubierta: Album / Sputnik

Publicado por Libros del Asteroide S.L.U.
Avió Plus Ultra, 23
08017 Barcelona
España
www.librosdelasteroide.com

ISBN: 978-84-17977-59-7
Depósito legal: B.2293-2021
Impreso por Kadmos
Impreso en España - Printed in Spain
Diseño de colección: Enric Jardí
Diseño de cubierta: Duró

Este libro ha sido impreso con un papel ahuesado, neutro y satinado de ochenta
gramos, procedente de bosques certificados FSC® bien manejados, materiales
reciclados y otras fuentes controladas, con celulosa 100 % libre de cloro,
y ha sido compaginado con la tipografía Sabon en cuerpo 11,5.

1

El cuadro (su reproducción) está en el Museo Röell, a lo largo de un gran pasillo curvo y subterráneo que comunica el viejo edificio con el nuevo pabellón. Al bajar las escaleras, uno cree haber llegado a un acuario. Por toda la pared interna de casi treinta metros, el cuadro va pasando como un río. Contra la pared opuesta hay un banco donde la gente se sienta a descansar y mira pasar el cuadro lentamente. Tarda un día en completar su ciclo. Son casi cuatro kilómetros de imágenes que se mueven despacio de derecha a izquierda.

Si digo que mi padre tardó sesenta años en pintarlo, parece como si se hubiese impuesto la tarea de completar una obra gigante. Es más justo decir que lo pintó a lo largo de sesenta años.

2

Este mito que se está armando en torno de la figura de Salvatierra nace a raíz de su silencio. Es decir, de su mudez, de su vida anónima, de la larga existencia secreta de su obra y de la desaparición casi total de ella. El hecho de que haya sobrevivido una sola tela hace que esa única pieza valga muchísimo más. El hecho de que él no haya dado entrevistas, ni haya dejado nada escrito acerca de su pintura, ni haya participado de la vida cultural, ni haya expuesto nunca, hace que los curadores y críticos puedan llenar ese silencio con las opiniones y teorías más diversas.

Leí que un crítico lo calificaba como «art brut», un arte realizado de un modo absolutamente ingenuo y autodidacta, sin intención artística. Otro crítico hablaba de la evidente influencia de los luministas españoles de Mallorca en la obra de Salvatierra. De ser así, el camino que tuvo que recorrer esa influencia es largo pero no imposible: de los luministas españoles a Bernaldo de Quirós; de Quirós a su amigo y alumno Herbert Holt; y de Holt a Salvatierra. Otro mencionó semejanzas con el *emakimono*, esos largos dibujos enrollados, propios del arte chino y japonés. Es cierto que Salvatierra había visto uno de esos dibujos, pero también es cierto que ya había desarrollado su técnica de la continuidad antes de verlo.

Estas aclaraciones no tienen importancia. Si me pusiera a desmentir los errores en lo que se está diciendo y escribiendo acerca de mi padre, no tendría tiempo para hacer otra cosa. Tengo que acostumbrarme a que la obra de Salvatierra ya no es más nuestra (me refiero a mi familia) y que ahora otros la ven, otros la miran, la interpretan, la malinterpretan, la critican y de algún modo se la apropian. Así debe ser.

También entiendo que la ausencia del autor mejora la obra. No sólo por su muerte sino también por el silencio al que me refería antes. El hecho de que el autor no esté presente, incomodando entre el espectador y la obra, hace que el espectador pueda disfrutarla con mayor libertad. En este sentido, el caso de Salvatierra es bastante extremo. Por ejemplo, en todo el cuadro no hay un solo autorretrato; él no aparece en su propia pintura. En esa suerte de diario personal en imágenes no figura él mismo. Es como escribir una autobiografía en la que uno no esté. Y algo curioso: el cuadro no tiene firma. Aunque esto quizá no sea tan raro. Al fin y al cabo, ¿dónde ponerle la firma a una obra de ese tamaño?

Entre las falsedades que surgieron junto con la popularidad *post mórtem* de mi padre, la que más me cuesta tolerar es la aparición de los supuestos amigos y conocidos. Sobre todo teniendo en cuenta que casi nadie en Barrancales sabía que Salvatierra pintaba, y que a los pocos que sabían no les interesaba. Hace un par de semanas vi un documental donde estaban hablando para las cámaras varios ilustres desconocidos de Barrancales, con subtítulos en francés, contando anécdotas sobre él, su carácter, su manera de trabajar. También aparecían mis tías, que lo despreciaban, un secretario de cultura de la provincia que desdeñó la obra durante años, y hasta la viuda del doctor Dávila, que no me quiso abrir la puerta cuando fui a visitarla. Todos muy bien peinados, decentes, contando anécdotas falsas o verdaderas sobre mi padre. Si por lo menos los hubiesen entrevistado a Jordán o a Aldo, habría sido más honesto.

3

A los nueve años Salvatierra tuvo un accidente mientras paseaba a caballo con sus primos por un palmeral cerca del río. Salvatierra montaba un tordillo de pelaje tormentoso. Así lo pintó siempre. Como una amenaza que reaparece cada tanto a lo largo de su pintura, un caballo cuyo pelaje se confunde con el cielo gris y pesado. El animal se espantó en pleno galope; en los corcovos Salvatierra cayó y quedó enganchado del estribo, colgado entre las patas del tordillo que huyó entre los árboles. Las patadas y los pisotones le rompieron el cráneo y la mandíbula, y le dislocaron la cadera.

Sus primos lo encontraron media hora después, dentro del monte, todavía colgado del caballo que pastaba tranquilo detrás de un espinillo. Mi tío solía contar que lo llevaron de vuelta despacio y llorando, creyendo que estaba muerto.

Lo salvó la cocinera, una vieja tuerta que lo abrigó, le lavó las heridas con algún menjunje de hojas, lo vendó con ropa limpia y lo metió en la cama, hablándole al oído. Cuando mis abuelos volvieron del pueblo y lo vieron así, mi abuela se desmayó.

Recién al día siguiente apareció, en sulky, un médico borracho, que por suerte ni lo tocó a Salvatierra, sólo dijo «Hay que esperar» y siguió llegando cada tres días, más para tomarse el vino del almuerzo que para ver al enfermo. Nunca pude averiguar el nombre de ese médico, pero fue él quien hizo algo fundamental en la vida de mi padre. No sólo lo dejó sanar sin someterlo a los sangrados y los baños helados que aconsejaba la medicina de la época, sino que, al ver que mejoraba, le regaló unas acuarelas inglesas que llegaban en barco desde el Paraguay.

Después del accidente, Salvatierra no volvió a hablar. Podía oír pero no hablar. Nunca supimos si su mudez se debía a causas físicas o psicológicas, o a una combinación de ambas. Los intentos por curarlo fueron más bien caseros. Por ejemplo, le dejaban un vaso de agua en un lugar donde lo pudiera ver pero no alcanzar, y le decían que no se lo darían hasta que dijera «agua». Pero no lograron nada: aunque lo torturaba la sed, Salvatierra no pronunciaba una sola palabra.

Lo que sí lograron fue que dibujara lo que quería.

Después, con las acuarelas, empezó a pintar. Los dibujos de ese tiempo no se conservan (de hecho, al comenzar a los veinte años la gran tela, él mismo quemó toda su obra anterior). Según contaban, mientras se recuperaba, le ubicaban la cama bajo la glorieta, y él dibujaba pájaros, perros, insectos, y hacía retratos furtivos de sus primas adolescentes y de sus tías cincuentonas, que tomaban limonada fresca a la sombra de la media tarde.

4

Su período de convalecencia y su mudez lo ubicaron al margen del papel establecido para los pujantes hombres sanos de la familia, y lo libraron de las grandes expectativas de su padre español. Mi abuelo, Rafael Salvatierra, y su hermano Pablo habían llegado a la Argentina a los veinte años, habían trabajado como chacareros en Concepción del Uruguay, después como encargados de campos en Colón, y más tarde, pasados los cuarenta años, habían podido comprar unas tierras arenosas que nadie quería, en la zona de Barrancales. Durante las cenas, mi abuelo, con un gesto que abarcaba el gran comedor pero que pretendía incluir las leguas de campo que lo rodeaban, solía decirles a sus hijos: Yo empecé en la pobreza total y llegué hasta esto; ustedes empiezan aquí, vamos a ver hasta dónde llegan. Las patadas del tordillo libraron a mi padre de ese mandato desafiante.

Pasó a ser el mudito, el tonto de la familia. Lo dejaban estar entre las mujeres, sin exigirle las demostraciones de virilidad que se les exigían a los otros varones, como tirar con la escopeta, enlazar o jinetear terneros. Paseaba con sus primas que lo llevaban y lo traían, lo tenían como un muñeco, jugaban con él a la maestra y le enseñaban cuanto sabían. Lo forzaban a escribir para que no olvidara el abecedario, lo hacían comunicarse con ellas anotando palabras en una pizarra, y se bañaban con él en el río. Mi tía Dolores contaba que entre los sauces de la orilla, cuando las chicas se cambiaban para meterse al agua, lo obligaban a darse vuelta. Él aplaudía una vez —era su manera de preguntar si ya podía mirar— y le decían que no. Al rato volvía a aplaudir y le volvían a decir que no, que no se le ocurriera darse vuelta, hasta que se oían las risas y él se daba vuelta y veía a sus primas ya dentro del agua.

Esta broma lo debe haber torturado a Salvatierra, porque en la obra aparecen, con frecuencia, chicas adolescentes cambiándose en la luz verde de los sauces de la costa, chicas manchadas de sol, apuradas por el pudor de la desnudez. Sin duda las pintaba porque necesitaba ver, de una vez por todas, esas escenas que habían sucedido a sus espaldas y que no había podido mirar, esa intimidad luminosa tan cercana y sin embargo prohibida.

5

Si Salvatierra nos hubiese pedido a mi hermano y a mí que nos ocupáramos de su obra después de su muerte, probablemente no lo habríamos hecho, o quizá sí, pero con menos ganas. En cambio, el día antes de morir en el Hospital de Barrancales, cuando Luis, mi hermano, le preguntó «Papá, ¿qué hacemos con la tela?», él sonrió, moviendo el brazo con ese gesto despreocupado de tirar algo hacia atrás, hacia el pasado, como diciendo «No importa, yo disfruté». Después se puso el índice bajo el ojo y la señaló apenas a mamá, que estaba de espaldas abriendo las cortinas. Fue un gesto que yo entendí como «Ojo con mamá, cuídenla», o algo así. No volvimos a preguntarle sobre el cuadro. Parecía que lo importante para él había sido pintarlo, no le interesaba lo demás. Lo que nosotros decidiéramos estaría bien. Mi padre murió a la madrugada del día siguiente, durmiendo tranquilo.

Tiempo después, cuando Luis y yo decidimos empezar a ocuparnos del cuadro, lo primero que hicimos fue hablar con su viejo amigo, el doctor Dávila, que había sido nuestro pediatra y que, a pesar de sus años, todavía conservaba algunos contactos en la gobernación. Él nos aconsejó que solicitáramos un subsidio para hacer un pequeño museo. Redactó varias cartas a la gobernación en las que hacía hincapié en la calidad, la dimensión de la obra, y el valor que tenía como documento de las costumbres y de la gente de una época y una región. Así logró que se considerara el cuadro «patrimonio cultural de la provincia», pero la ayuda necesaria para crear una fundación nunca llegó. Ni siquiera fue alguien de la intendencia a ver de qué se trataba la obra. Sólo teníamos el título: una serie de papeles oficiales con sellos y firmas ribeteadas que en lugar de ayudarnos terminaron siendo una pesadilla burocrática.

Pasó un tiempo sin que pudiéramos hacer nada. A mamá ni le mencionamos el tema porque no quisimos remover ese pasado (o desenrollarlo, más bien) delante de ella; nos parecía que le podía resultar doloroso. No fue una decisión conversada con mi hermano; simplemente sucedió así. Mis padres siempre fueron muy compañeros y, al morir él, mi madre soportó su ausencia con un silencio resignado y lúcido que no nos atrevimos a interrumpir. Murieron con dos años de diferencia. Mamá nunca supo que teníamos intenciones de sacar el cuadro a la luz, y ella jamás tocó el tema. Lo único que mencionó una vez fue que el dueño del supermercado construido hacía poco junto al galpón le había hecho una oferta para comprarle el terreno y que ella la había rechazado.

6

El mismo día del entierro de mamá, una vez librados de las tías y los pésames, nos escapamos con Luis y pasamos con su auto por el galpón. Hacía años que no entrábamos en ese lugar. Vimos que en el terreno de atrás, donde antes había habido un cañaveral, ahora estaba el supermercado. El galpón seguía teniendo la misma puerta corrediza.

—¿Entramos? —dijo Luis.

Estuvimos dudando un rato hasta que estacionamos el auto y bajamos. Nos llamó la atención que la puerta estuviese sin candado. La abrimos. Entramos como en un templo, como pidiéndole permiso al fantasma de Salvatierra. Ahí estaban los rollos de la tela, prolijamente colgados a lo largo de las vigas. Los contamos: eran más de sesenta. La vida entera de un hombre. Todo su tiempo ahí ovillado, escondido.

—¿Qué vamos a hacer? —le dije a Luis.

Los rollos colgaban sobre nuestras cabezas. Nos esperaba una tarea enorme.

—¿Cuántos metros habrá?

Luis, mirando para arriba, acomodándose los anteojos, dijo:

—Kilómetros, che, varios kilómetros.

Conocíamos algunas partes de la obra, especialmente del período en que nosotros lo habíamos ayudado con la preparación de la tela. Pero muchas veces, a puertas cerradas, Salvatierra pintaba tramos que luego quedaban enrollados y no llegábamos a ver. Ahora teníamos delante, sin restricciones, la totalidad de su obra, sus colores, sus secretos y sus años. Creo que sentíamos una gran curiosidad, pero también estábamos intimidados, calculando lo enorme del trabajo. Éramos dos cuarentones, ahí paralizados, exhalando vapor en el frío del galpón, con las manos dentro del sobretodo.

De pronto escuchamos una voz empacada:

—¿Qué buscaban?

Vimos a un hombre petiso y peludo, con un fierro en la mano. Le dijimos quiénes éramos. Él también se presentó, ya más tranquilo: era Aldo, un ayudante que había contratado Salvatierra los últimos años para hacer el trabajo que habíamos dejado de hacer nosotros cuando nos fuimos a Buenos Aires. Nos habíamos visto apenas un par de veces. Tardó en reconocernos y nosotros en reconocerlo a él. Ahora parecía un tipo hosco, medio intratable. Nos contó que mamá, cuando murió Salvatierra, había dejado de pagarle, pero que él seguía yendo al galpón porque guardaba algunas cosas suyas ahí, y de paso revisaba goteras y agregaba veneno contra las ratas. Nos explicó que semanas atrás había visto a dos hombres que rondaban el galpón tratando de forzar la entrada, por eso ahora estaba alerta y con el fierro a mano. Vimos que en un rincón había un catre y un cajón con una vela apagada. También había una canoa medio podrida, una bicicleta vieja, algunas cajas, bolsas y muchos pedazos de cosas rotas o desarmadas.

Le preguntamos qué había sido lo último que había pintado Salvatierra. Nos mostró cuál era el rollo del último año. Estaba cerca del piso, a nuestra altura. Lo desenvolvió y lo fuimos desplegando. Vimos el extremo que Salvatierra había pintado quince días antes de morir. Los últimos metros de la tela estaban cubiertos enteramente por un color de agua mansa, por momentos transparente, por momentos más opaca, como un silencio sumergido donde a veces había un pez nadando solo y algunos círculos.

Nos miramos con Luis. Creo que nos gustó a los dos. Trasmitía tranquilidad. «Está sin terminar», dijo Aldo, mostrándonos un pez y unos círculos que habían quedado por la mitad. «Después de pintar esta parte se quedó sin fuerzas y no quiso seguir.» No importaba. Se entendía que, de algún modo, lo había terminado donde él había querido. Como si después, simplemente, hubiera decidido morirse.

Miles de veces me había preguntado cómo sería el extremo de la tela, esa tela que me parecía un caudal infinito por más que supiera que algún día terminaría, como también terminaría mi padre, que era mortal aunque yo no lo quisiera creer. Ahí estaba la respuesta. Con toda naturalidad, ahí estaba el fin.

7

A los catorce años, ya abandonado por sus primas que se habían aburrido de él, Salvatierra se volvió más solitario. Una foto grupal de entonces lo muestra sosteniendo, incómodo, su gorra, casi a un costado de la familia, mirando con un aire de potrillo distante, detrás de esa nariz prominente que heredamos Luis y yo. Su madre lo dejaba visitar a un pintor alemán y anarquista llamado Herbert Holt, que vivió un tiempo en Barrancales y fue amigo y alumno de Bernaldo de Quirós. Holt le enseñó a mi padre las técnicas del óleo.

Estas cosas nos las dijo Salvatierra mismo, con esa mezcla de mímica y de señas con las que nos contaba a veces cuentos. Dos veces por semana iba hasta casa de Holt en bicicleta (no volvió a montar a caballo por mucho tiempo). Bordeaba el río por el camino viejo, donde ahora está la avenida costanera, pasaba entre las arboledas de la entrada sur del pueblo, entre fresnos, sauces y álamos que formaban esos túneles verdes que aparecen en su obra. Llegaba a casa de Holt a las nueve de la mañana. El viejo lo dejaba pintar a su lado, dándole apenas algunas indicaciones. Poco a poco le enseñó a usar la perspectiva, a mezclar colores, a estudiar las proporciones y, lo más importante, a pintar todos los días. A veces retrataban a viejos vagabundos a los que Holt hacía posar a cambio de vino y galleta.

Pero Holt se fue, se volvió a Alemania después del golpe de Uriburu. Mi hermano opina que los motivos de su partida no fueron políticos, sino que, al verse superado en tan poco tiempo por su alumno, el viejo decidió buscar nuevos horizontes, lejos de semejante humillación. En el Club Social de Barrancales todavía hoy quedan un par de telas bastante malas que intentan mostrar la ribera del río Uruguay, pero que se parecen más al frío Danubio de su tierra natal.

En su tela, Salvatierra recuerda en dos o tres oportunidades a Holt. En un momento, lo pinta como un director de orquesta que gobierna el paisaje, el pincel en alto como una batuta, dominante. En otro aparece sentado, contento, comiendo una gran sandía amarilla, bajo un cielo amarillo, como un incendio. Salvatierra nos contó que tuvieron una discusión un día porque él pintó una sandía amarilla y Holt le dijo que había que pintar las cosas del color que tenían. Si las sandías eran rosadas como el ocaso, había que pintarlas rosadas como el ocaso. Mi padre trató de explicarle, con su mímica nerviosa, que las sandías amarillas existían. Holt pensó que le estaba tomando el pelo y lo echó. Salvatierra volvió al día siguiente con una sandía redonda de regalo. Adelante de Holt, la partió al medio con su cortaplumas y, para asombro del alemán, se abrieron dos mitades amarillas.

Durante esos años de aprendizaje con Holt, Salvatierra evitaba todo lo posible a sus primos y hermanos, y paseaba a pie por el monte de la costa. Así conoció a los pescadores, viejos canoeros que armaban ranchadas en la orilla y que vivían de lo que pescaban con espineles y tejidos. Viejos que evitaban que la creciente les llevara las pocas cosas que tenían, colgándolas de las ramas más altas de los algarrobos. En la tela puede vérselos entre constelaciones de peces monstruosos como suelen ser los peces de río: grandes surubíes atigrados y bigotudos; bagres amargos con el color de la bilis; patíes de rasgos orientales; manduvíes con pico de pato, y el pez armado chancho, que es el acorazado de los peces, con púas a lo largo de sus costados. Así pinta Salvatierra a los pescadores de su infancia, como santos, harapientos, patronos de los peces que nadan en el aire del ramaje, entre chapas, ollas, bolsas, cucharones, que cuelgan de los árboles para que no se los lleve la creciente. Como si todos nadaran tanto en el aire como en el agua: los hombres, los peces y las cosas.

Se entiende que no le gustara ir —como tenía que hacer a veces forzosamente— con sus primos y hermanos a los bailes sociales en el pueblo. Su mudez seguramente lo inhibía de participar. Además, no le gustaban las formalidades. Desde que lo conocí, se vestía con dos cosas: para pintar, su mameluco de mecánico manchado de colores, y para ir al Correo, un saco gris que al jubilarse no se volvió a poner.

Yo creo que de Holt aprendió también —más por imitación que por doctrina del viejo alemán— cierto gusto por la libertad, cierta anarquía vital o aislamiento feliz. Una simplificación de la vida a las cosas mínimas, que le permitiera continuar haciendo, sin estorbos, lo que a él le gustaba.

Cuando Holt partió, le dejó a mi padre una buena cantidad de pintura y un largo rollo de tela que le había sobrado. Holt mismo iba cortando pedazos de ese rollo y los estiraba en bastidores rectangulares para pintar. Pero Salvatierra, al recibir el rollo entero, decidió pintar sobre él un largo cuadro con el tema del río, en toda su longitud, sin cortarlo. Ése fue el primer rollo. Tenía veinte años cuando lo empezó.

8

Lo primero que hicimos antes de irnos fue pagarle unos pesos a Aldo para que cuidara las telas y mantuviera el galpón como hasta entonces. Poco después, pudimos dejar por unos días nuestras ocupaciones en Buenos Aires y volver a Barrancales. Luis no tuvo problemas para escaparle a la escribanía, y yo, divorciado, con mi único hijo en Barcelona, sólo tuve que cerrar unos días la inmobiliaria, que de todos modos ya estaba casi parada.

Nos instalamos en la última casa que habían tenido mis padres, todavía a la venta. Quedaba cerca del río, y a cinco cuadras del galpón. Nos pasamos esos días bajando y subiendo los rollos con la ayuda de Aldo, usando el sistema de poleas y un aparejo para levantar motores que Salvatierra había conseguido en un antiguo taller mecánico. Calculamos que cada rollo pesaría unos cien kilos. Luis comentó que estábamos más viejos, y nos reímos porque el simple hecho de arremangarnos, como antes, para hacer un trabajo físico, nos mejoró el humor.

Una vez que el rollo quedaba en el suelo, lo desplegábamos y Luis iba fotografiando fragmentos. Su idea era enviar las imágenes con una carta para insistir a la provincia con un subsidio o, si no recibíamos una respuesta, pedir apoyo a alguna fundación o museo que estuvieran interesados en solventar un proyecto de exposición.

Exponer la tela entera en un solo lugar hubiese sido imposible. Pensamos que tal vez se podría exponer por segmentos. Dos secuencias habían sido expuestas en Buenos Aires en los años sesenta, durante muy poco tiempo, pero Salvatierra no había querido estar presente. Siempre se había sentido sapo de otro pozo, figurativo entre no figurativos, provinciano entre porteños, hacedor entre teóricos. Además, ésos eran tiempos de instalaciones y happenings; estéticas lejanas a Salvatierra. Otra vez, su amigo el doctor Dávila llevó un fragmento a una bienal de arte en Paraná, luego de acordar con mi padre que, si su obra ganaba, compartirían el dinero del premio. Y ganó. Fuimos todos a la ceremonia. Salvatierra se sintió muy incómodo y nunca volvió a exponer. No le interesaba y, además, interrumpía su trabajo diario. No necesitaba el reconocimiento, no sabía cómo lidiar con eso, le parecía algo ajeno a su tarea.

Yo creo que él concebía su tela como algo demasiado personal, como un diario íntimo, como una autobiografía ilustrada. Quizá debido a su mudez, Salvatierra necesitaba narrarse a sí mismo. Contarse su propia experiencia en un mural continuo. Estaba contento con pintar su vida; no necesitaba mostrarla. Vivir su vida, para él, era pintarla.

También creo (y esto lo entiendo sólo ahora) que quizá lo avergonzaba un poco la desmesura de su obra, ese tamaño fuera de escala, grotescamente gigante, casi más cerca de ser la acumulación de un vicio o de una obsesión que un cuadro terminado.

Decidimos con Luis que mejor que distribuir fotos con una carta sería preparar un folleto que mostrara algunos segmentos de la tela, con una explicación y alguna imagen de Salvatierra. También decidimos incluir una foto del galpón con los rollos colgados, para que se entendiera la magnitud de la obra y del proyecto.

Fue muy difícil elegir el encuadre de las distintas partes de la tela, porque Salvatierra pintaba sin bordes laterales, lograba una continuidad entre las escenas. Eso era algo que lo obsesionaba. Quería captar en la pintura la fluidez de un río, la fluidez de los sueños, la manera en que las cosas se transforman en los sueños, con toda naturalidad, sin que el cambio parezca absurdo sino inevitable, como si encontrara la violenta metamorfosis que se esconde dentro de cada ser, de cada cosa, de cada situación.

Un ejemplo de esto es el segmento de febrero del 75 que empieza con una fiesta entre los árboles, en un jardín donde hay parejas bailando, riendo; parece haber mucho ruido en el aire, hay algunos borrachos tirados; un hombre arrastra a una mujer hacia los arbustos, dos hombres están a punto de iniciar una pelea; hay un borracho de uniforme militar, otro de rodillas parece estar sufriendo con algo clavado en el estómago; después hay un militar zamarreando del brazo a una mujer, y más hombres forcejeando entre los árboles, uniformados luchando abrazados, cuerpo a cuerpo, con bayonetas y sables; gente matándose en un gran alboroto, gente tirada, muerta; y el cuadro ya es una batalla en medio del monte. La pintura, al pasar así de fiesta a batalla, logra que uno acepte la transformación como si fuera una consecuencia lógica y evidente.

Debido a esta continuidad de la pintura, fue difícil elegir encuadres para fotografiarla. La tela no tenía bordes, ni siquiera en los extremos de cada rollo; el fin de cada uno se ensamblaba perfectamente con el comienzo del siguiente. De haber podido, Salvatierra los hubiese guardado unidos en un solo rollo gigante, aunque hubiera sido imposible de conservar y de trasladar.

Cada rollo, en el revés de la tela, tenía claramente escritos la fecha y el número. Un día antes de irnos, cuando empecé a ordenarlos en una lista, noté que faltaba uno. Faltaba un año entero: 1961. Las fechas anotadas en el reverso de la tela saltaban del 60 al 62. Salvatierra no había dejado de pintar un solo día. Era imposible que hubiera dejado de pintar un año entero. Enseguida miramos con desconfianza a Aldo. Él dijo que no tenía ni idea de dónde podría estar y que si ese rollo existía, hacía mucho que no estaba ahí, porque el orden en el que estaban colgados no se alteraba hacía mucho tiempo. Si lo hubiesen robado hace poco, se notaría el hueco. Yo le creí; mi hermano no.

Tratamos de hacer memoria sobre ese año. ¿Qué había pasado en el 61? No recordábamos nada en particular. En ese entonces, estábamos en una casa cerca del Parque Municipal. Yo tenía diez años; Luis, quince. Ya había muerto mi hermana Estela. Salvatierra trabajaba en el Correo y mamá daba clases de inglés... Lo de siempre. Si no lo había robado Aldo, ¿qué había pasado con ese rollo?, ¿dónde podía estar?, ¿se lo habrían comido las ratas y por eso Aldo lo había escondido o tirado?, ¿lo habría robado otra persona?, ¿Salvatierra mismo lo habría destruido o vendido o regalado? Los rollos que se habían expuesto en Buenos Aires y en Paraná estaban ahí; el faltante no era ninguno de esos tres. Estuvimos un rato tratando de resolver el tema; después tuvimos que seguir adelante con el trabajo porque nos volvíamos a Buenos Aires al día siguiente.

Salvatierra tenía veinticinco años y trabajaba en el Correo cuando conoció a Helena Ramírez, mi madre. Ella tenía veintiuno y trabajaba en la Biblioteca Ortiz, de Barrancales. Salvatierra iba los sábados a la mañana a leer sobre las vidas de grandes pintores y a buscar libros con láminas y grabados. En la tela de esa época hay una lenta transición entre las escenas nocturnas y la claridad de la mañana. Primero aparecen largos pasajes crepusculares donde se ve a mujeres negras lavando ropa en la orilla (el doctor Dávila contaba que a veces, en verano, Salvatierra cruzaba de noche con los pescadores a la orilla uruguaya, donde eran bien recibidos por un grupo de lavanderas). Salvatierra pintó esa hora en que se reflejan en el agua las primeras estrellas y todo se empieza a confundir entre las sombras. En un segmento, alguien enciende un fósforo y apenas en la oscuridad se ve a una mujer que sonríe, provocativa, detrás de las plantas.

Después en su pintura empezaron a prevalecer las escenas diurnas, las afueras del pueblo al amanecer con largas calles bordeadas de árboles donde pasan ciclistas medio dormidos. Esos pasajes coinciden con el tiempo en que conoció a mi madre. Hay varios retratos de ella: se la ve sentada en su escritorio de bibliotecaria, lejos, primero, en la otra punta de una gran sala vacía; después más cerca, siempre muy luminosa, abstraída en la lectura; una chica de pestañas enormes, que no levanta la mirada hasta mucho más adelante. Mamá solía decir que mi padre era tímido como un cuis y que se quedaba en la otra punta de la sala, hojeando sus libros y echándole unas miradas clandestinas. Decía que se daba cuenta cuando Salvatierra la estaba dibujando porque no podía leer, le picaba el cuerpo, se ponía muy incómoda, demasiado consciente de sí misma.

A último momento, antes de volvernos a Buenos Aires, conseguimos que viniera alguien de la municipalidad a ver la obra de Salvatierra. Queríamos saber si por fin se decidirían a apoyar el proyecto de crear un museo. Si no conseguíamos la ayuda, estábamos dispuestos a hacer algo por nuestra cuenta. El doctor Dávila había muerto; habían pasado dos gobiernos desde que él había conseguido que se declarara al cuadro «patrimonio cultural». Ahora estaban al frente de Barrancales los del Movimiento Andando, un partido compuesto por una rama peronista que había logrado quedarse con las licitaciones del Carnaval, aliada con exradicales que manejaban los subsidios de forestación.

Vino un secretario del director de Eventos Culturales que no paró nunca de atender su teléfono celular. Le mostramos algunos rollos. Se los desplegamos en el piso. Yo le explicaba, pero le sonaba el celular y él atendía. Se iba hasta la puerta del galpón hablando en voz alta, con frases como «Vos decile a la gente de comparsas que la plata está». Caminaba en círculos, gesticulaba, insultaba a alguien del otro lado, se acercaba, se alejaba. «Pero, hermano, si esos tipos no tienen ni para el gasoil», decía. En un momento, mientras escuchaba a alguien por teléfono, desenrolló un poco más una tela con la punta del zapato, para mirar. Ése fue su único gesto de interés. Después nos dijo que el tema había que hablarlo con el intendente y que quizá se podía mandar una carta a la gobernación. «Lo único que les advierto es que plata no hay», dijo, «conseguir plata es muy difícil. Pero de cualquier manera, presenten un proyecto». Le dijimos que ya habíamos presentado uno. Evidentemente no lo conocían.

Antes de subirse al auto, nos preguntó si sabíamos que un tal Baldoni, el dueño del supermercado vecino y encargado de Bienestar Social, estaba interesado en comprar el terreno del galpón. Me acordé de la oferta que le habían hecho a mamá. El tipo le pegó una ojeada al galpón y ahí nomás nos propuso que vendiéramos el terreno, que guardáramos la obra en algún otro lugar que él nos podía ayudar a conseguir, y que con esa plata levantáramos el museo.

La idea no parecía mala. Luis le dejó su tarjeta.

Quedamos en hablar y se fue. Al día siguiente nos volvimos a Buenos Aires y yo no pude volver a Barrancales hasta varios meses después.

Volví para fines del invierno, cuando ya habíamos
conseguido el apoyo de la Fundación Adriaen Röell.
Habían pasado varios meses en los que lo único que
conseguimos fue contactarnos con el señor Baldoni,
que nos ofreció por el terreno una suma ridícula-
mente baja. Como Luis no aceptó, lo llamó el secretario del director de Eventos Culturales. Sin duda
Baldoni y él estaban en contacto. Nos ofrecían un
lugar alternativo para guardar los rollos, a media
cuadra del río. Una zona inundable. Luis le agrade-
ció y le dijo que nos íbamos a ocupar nosotros del
asunto.

Yo terminé de cerrar la inmobiliaria. Mientras, pre-
paramos y mandamos a imprimir los folletos. Los
empezamos a distribuir en galerías, fundaciones y em-
presas. El diseñador gráfico nos hizo una versión digital y Luis la mandó por correo electrónico a varias

instituciones extranjeras. No tardamos en recibir algunas respuestas.

Habíamos pensado distintas formas de exhibir la tela. Una era unir todos los rollos en uno solo que fuera pasando detrás de un vidrio y se fuera enrollando en otro carretel. Pero se necesitaba un lugar enorme para hacerlo y, además, con ese sistema, al terminarse el rollo, la tela comenzaría a enrollarse en la dirección contraria, como si el tiempo fuese hacia atrás. Otra era exponer, si no la totalidad de la tela, al menos algunos largos fragmentos en algún estadio cerrado, o en alguna sala de exposiciones circular, como el Palais de Glace en Buenos Aires. Otra posibilidad era publicar un libro largo, apaisado, con láminas plegables.

El comienzo no fue muy alentador. Los primeros interesados en la obra de Salvatierra fueron unos norteamericanos de *El libro Guinness de los récords*. Luis les había escrito porque pensó que tal vez podían financiar una exposición. Pero la idea de esta gente era desplegar la totalidad de la tela sobre el asfalto de una ruta abandonada y filmarla desde un helicóptero. Decían que si nuestros datos eran ciertos, entonces teníamos en nuestras manos el cuadro más largo del mundo y eso podía darnos muchas ganancias. Nos pareció que a Salvatierra no le hubiese gustado. No había pintado su obra para que fuera

vista desde un helicóptero como un prodigio mons-
truoso. Les dijimos que no y quedamos a la espera de
otras propuestas.

(He visto que, en las últimas ediciones del libro, aún
figura como el cuadro más largo del mundo una pintura sagrada tibetana, exhibida en Beijing, de seis-
cientos dieciocho metros, hecha por cuatrocientos
monjes budistas. El cuadro de Salvatierra tiene cuatro
kilómetros de largo y fue pintado sólo por él.)

Después de recibir algunos llamados de curiosos y
algunas propuestas insolventes de galerías nacionales
que ofrecían un pequeño espacio, llegó de Holanda la
propuesta de la Fundación Röell. A ellos les interesó
la obra porque estaban formando una colección de
arte latinoamericano. Propusieron fotografiarla primero para crear un archivo digital. La darían a conocer en Europa y, si la obra llamaba la atención, podían llegar a establecer una compra para trasladarla
al museo de la fundación, en Ámsterdam. A Luis y a
mí nos pareció interesante. Estaban dispuestos a ir
paso a paso y ofrecían además pagarnos una buena
suma de dinero.

Era necesario que alguien estuviera en Barrancales
para supervisar el trabajo de reproducción (escaneo,
digitalización, etc.). Le dije a Luis que yo estaba dispuesto a ir y que incluso pensaba viajar unos días
antes.

—¿Para qué? —me preguntó del otro lado del teléfono, con su tono de hermano mayor.

—Voy a buscar el rollo que falta.

12

El ómnibus llegó casi de noche a la terminal de Barrancales. Me tomé un taxi hasta la casa, que estaba todavía sin luz. Tenía las velas que habíamos comprado
hacía unos meses y había agua gracias a un llamado de
Luis a un viejo amigo de la Municipalidad que consiguió que nos restablecieran el servicio. En las habitaciones había un frío húmedo que no terminaba de irse.

A la noche dormí mal, atizado por los fantasmas de
la casa. La ropa y otras cosas de mamá todavía estaban en unas bolsas de consorcio en uno de los cuartos. Ella había juntado y atesorado objetos toda la
vida. En cambio las cosas que papá dejó podían guar-
darse en un bolso: un reloj, una brocha de afeitar, un
peine, un cepillo de dientes, siete camisas... Parecían
los objetos personales de un preso. Ahí estaba el cuadro con la foto de su casamiento; seguía colgado de
la pared. Se los veía a los dos muy jóvenes, desconcer-

tados, en una de esas imágenes en blanco y negro que se mandaban a colorear. Se habían casado en el año 40, sin demasiado apoyo de sus familias. Mi abuela materna no quería que su hija se casara con un simple empleado de Correo que, además, era mudo. Mis abuelos paternos tampoco querían que su hijo se casara con la hija de una viuda ermitaña, desconocida en la sociedad de Barrancales. Pero la inminencia de mi hermano Luis, que ya se estaba gestando en el vientre de mi madre, hizo que todos tuvieran que tragarse sus opiniones.

Salvatierra pintó en su tela la ceremonia —realizada en el jardín de una capilla que fue demolida hace tiempo— vista desde arriba, como si alguien mirara desde el campanario. Están las dos familias en los bancos, una de cada lado del pasillo central, enfrentadas. La de mi padre, numerosa, robusta, ocupando demasiado espacio, con los parientes unidos por gruesas venas rojas como raíces; la de mi madre, rala, etérea, con algunas tías traslúcidas, y parientes medio lejanos llamados a último momento, unidos por hilitos de sangre casi invisibles. Cada maraña de venas familiares se une, a través de mis abuelas, en mis padres. El cura dice su sermón señalando el vientre de mi madre donde se anudan las sangres. Del brazo derecho de mi padre cae una vena que se aleja sola hasta el río.

13

Muchas de estas cosas las vi con detenimiento los días siguientes que pasé en el galpón, antes de que llegaran los holandeses de la Fundación Röell. Cuando aparecía Aldo, me ayudaba a bajar un par de rollos y yo después los desplegaba en el piso y me quedaba recorriéndolos despacio, mirando cada detalle. A veces sentía que estaba conociendo a mi padre por primera vez. Había retratos de gente que nunca había visto: hombres de cara verde bebiendo en un almacén; viejas muertas hacía tiempo, de negro, severamente sentadas; gauchos antiguos, casi vivos en sus gestos, mirando desde el fondo de una tarde de yerras, o trabajando en grandes carneadas, de pie, con los brazos ensangrentados junto a una res entera abierta al cielo. Otras veces, la pintura me hacía recordar momentos de nuestras vidas: perros que vivieron en casa y de los que ya me había olvidado, o el

incendio del año 58 que llegó hasta el sur de Barrancales. Salvatierra pintó, en casi nueve metros de tela,
el campo enorme de pastizales ardiendo, la humareda
oblicua, la luz extraña, sagrada, tal como la vimos
esa tarde, la familia entera parada al borde de la ruta.

Miraba todo esto preguntándome muchas cosas a la
vez. ¿Qué era ese entretejido de vidas, gente, animales,
días, noches, catástrofes? ¿Qué significaba? ¿Cómo había sido la vida de mi padre? ¿Por qué necesitó tomarse ese trabajo tan enorme? ¿Qué nos había pasado
a Luis y a mí, que habíamos terminado con estas vidas
tan grises y porteñas, como si Salvatierra se hubiese
acaparado todo el color disponible? Parecíamos más
vivos en la luz de la pintura, en algunos retratos que
nos había hecho a los diez años comiendo peras verdes, que ahora en nuestras vidas de escribanías y con-
tratos. Era como si la pintura nos hubiera tragado, a
nosotros dos, a Estela, a mamá. Todo ese tiempo lu-
minoso de provincia había sido absorbido por su tela.
Había algo sobrehumano en la obra de Salvatierra,
era demasiado. A mí siempre me había costado iniciar
alguna tarea, a veces incluso las cosas más sencillas,
como levantarme a la mañana. Creía que debía hacerlo todo al modo gigantesco de mi padre, o no hacer
nada. Y confieso que muchas veces opté por no hacer nada, lo que me llevó, también, a sentir que no era
nadie.

14

Le pedí prestada a Aldo la bicicleta vieja que había visto en el galpón; le cambié las cámaras, la hice inflar y engrasar. No me subía a una bicicleta desde alguno de esos sábados lejanos, a mediados de los ochenta, cuando íbamos con mi hijo a los bosques de Palermo.

Recorrí Barrancales sin rumbo fijo, pedaleando despacio, comparando el recuerdo del pueblo en el que me había criado con la ciudad en la que ahora se había transformado. No sabía por dónde empezar a buscar el rollo faltante.

En relación con la totalidad de la obra, el fragmento que faltaba era mínimo, pero quería encontrarlo porque me incomodaba esa brecha, ese salto en una obra tan continua. Si hubiesen faltado cuatro o cinco rollos no me hubiese preocupado por buscarlos, pero al ser uno, la pintura estaba demasiado cerca de alcanzar esa fluidez absoluta que había buscado Salvatierra, como para no hacer el esfuerzo. El cuadro no tenía ningún corte vertical; era una sola continuidad, un solo río.

Estuve dando vueltas un rato por el centro. A las once, descubrí que estaba cerca del barrio de la catedral y toqué el timbre en lo de unas tías lejanas mías, primas de Salvatierra, que habían estado en el velorio de mi madre. Ya no eran las niñas que se desvestían en las orillas del cuadro, ahora se parecían a las matronas españolas y enlutadas que las habían precedido. Pensé que podrían decirme algo. No sabía qué.

Me recibieron sin demasiada alegría. «El vivo retrato de tu padre», me decían mirándome una y otra vez. No quedaba claro si eso era bueno o malo. Viniendo de ellas, más bien parecía malo. Traté de emprolijarme un poco. Estaba agitado y desaliñado por el paseo en bicicleta. Me invitaron a sentarme en una sala con olor a naftalina. Traté de no dar muchos rodeos. Les pregunté si Salvatierra había vendido o regalado un rollo de su pintura. No sabían nada.

—Pero buscá en ese galpón que podés llegar a encontrar cualquier cosa —me dijo una, mirando cómplice a la otra.

—¿Por qué?

—Y... Siempre fue un juntadero de cosas.

No me dijeron mucho más. Había en su tono un fondo de censura que atribuí al rechazo general que la familia siempre había manifestado hacia mi padre. Me tuve que quedar conversando un rato de enfermedades y remedios poco científicos antes de poder irme. Querían invitarme al día siguiente a tomar el té, pero cuando les dije que tenía un compromiso, no insistieron demasiado.

También toqué el timbre en casa del finado doctor Dávila. Su viuda, desconfiada y arisca, me aseguró, sin invitarme a pasar, que su marido nunca había tenido una pintura de Salvatierra.

—Un rollo —le dije—, un rollo grande de tela.

—No, querido, no sé nada de eso —me dijo, con la puerta a medio abrir.

De vuelta en el galpón, le hice caso a mis tías y revisé los trastos. Debajo de la canoa encontré mi viejo bote celeste. Fue como ver una aparición. En verano, mi padre nos llevaba en sulky al río con Tiza, una yegua blanca que dejábamos pastando en los baldíos de la cuadra. Cuando llegábamos, desataba la yegua y la hacía pasar por la orilla, sobre la arena donde íbamos a jugar, para espantar a las rayas de cola venenosa. Después nos metíamos; no nos dejaban alejarnos de la orilla porque el río tenía pozos y remansos traicioneros. Mi bote me soportaba apenas a mí. Le atábamos una larga soga. Yo me dejaba arrastrar río abajo. Salvatierra me hacía «chau» con la mano, jugando a que me iba de viaje. Después me traía de vuelta recogiendo la soga, una y otra vez. Un día dejamos de ir. Mi hermana Estela se ahogó mientras nadaba con unas amigas cerca del puente viejo y mamá no quiso que volviéramos al río.

También, revolviendo las cosas, encontré los bancos hechos de troncos cortados que Salvatierra distribuía cuando sus amigos iban a visitarlo al galpón. Se quedaban hasta tarde tomando. Mamá nos mandaba a veces a buscarlo y Salvatierra nos dejaba estar un rato antes de mandarnos de vuelta. Yo debo haber tenido diez años. Miraba a esos hombres con admiración y miedo. Era un grupo que venía con Mario Jordán, un amigo de mi padre que tenía una lancha carguera, al que Salvatierra le prestaba un rincón del galpón para guardar mercadería. Tenía una barba en punta, llevaba siempre encima un revólver lechucero y a veces caía con el acordeón. Se armaban reuniones de seis o siete. Algunos tipos, como el Vasco Salazar o un negro llamado Fermín Ibáñez, eran muy callados, medio espinosos, pero se iban alegrando con el alcohol. Alguno le decía a Salvatierra que desplegara un poco el cuadro y Salvatierra, después de hacerse rogar, ponía el extremo de una tela sobre un carretel que giraba libre sobre un poste y así iba pasando el cuadro lentamente, como un tapiz en movimiento. Entonces Mario Jordán tocaba el acordeón a medida que iban pasando las imágenes, como los pianistas del cine mudo. Estaban todos bastante borrachos. Se reían cuando se reconocían retratados o, por ahí, sedados por la correntada lenta de la música, miraban asombrados, con ojos vidriosos, las escenas como sueños que había pintado mi padre: islas, caballadas vadeando el río, canales, jinetes degollados, pantanos con insectos gigantes, batallas.

Una noche hubo una discusión; Fermín Ibáñez tajeó la tela de una puñalada y lo amenazó a Salvatierra. Por suerte, se interpuso Jordán, calmó los ánimos y la cosa siguió un rato más sin problemas hasta que se fueron. Me acuerdo de que durante varias noches me desperté asustado, convencido de que Ibáñez estaba en la oscuridad de nuestro cuarto, parado así, quieto como yo lo había visto, con el cuchillo en la mano.

El lugar había sido uno de los viejos galpones de esquila de mi abuelo. Pero como la lana no funcionó bien en la región y, a la larga, prosperaron más el ganado vacuno, los gallineros y los cítricos, el galpón quedó abandonado, hasta que lo ocupó mi padre en los años cuarenta.

Quedaba al sur de Barrancales, cerca del camino del río, en un lugar alto donde no llegaba la inundación. Salvatierra lo abría a las siete de la mañana. Pintaba hasta las diez. Cerraba para ir a su trabajo en el Correo y volvía a abrirlo a las cinco de la tarde. Yo iba, a veces, al salir del colegio, porque me gustaba ayudarlo a preparar la tela.

La preparación tardaba dos o tres días, según el clima. Primero me mandaba a cortar cañas al tacuaral de un baldío que había en la parte de atrás, donde ahora está el supermercado. El lugar me daba miedo porque era oscuro y porque la brisa entre las hojas secas hacía que se oyeran susurros muertos y pisadas invisibles. Las cañas eran para coser el borde inferior y el superior de la tela, y atarlas a dos varas viejas de sulky. Íbamos haciendo tramos de cinco metros. Las maderas se apartaban lentamente una de otra y, una vez que la tela quedaba tensa como el parche de un bombo, la cubríamos con dos capas de cola. Después, a medida que eso se iba secando, le pasábamos varias capas de una pasta de yeso y cal que colábamos antes con una camisa vieja. Ésa era la parte que a mí más me gustaba: ver cómo la pasta grumosa inflaba la camisa y cómo salía por debajo el líquido purificado. Y el olor que tenía, que sólo volví a encontrar en algunas ferreterías de la Capital. Teníamos siempre dos o tres telas en distintos estados de preparación. Las sacábamos al sol y las mirábamos al trasluz para descubrir las partes que no estaban cubiertas de un modo parejo, y volvíamos a aplicarles la mezcla. Una vez terminada la preparación, Salvatierra unía los tramos con una máquina de coser a pedal, hasta formar un solo rollo. Siempre quería tener al menos un rollo en blanco de sobra, para trabajar tranquilo.

La tela podía ser, en los mejores casos, lona blanca comprada especialmente para pintar; y en los peores, cuando el dinero alcanzaba justo para los gastos de la casa, bolsas abiertas de arpillera que íbamos a pedir a los silos cuando ya habían descargado la semilla. Entre esos dos extremos, Salvatierra podía hacer su tela con cualquier cosa: lonas viejas, fundas de sillones, cubrecamas, toldos.

Durante un tiempo, a principios de los setenta, un amigo de Luis que trabajaba de changarín en la estación le conseguía unas lonas verdes muy buenas. Mi padre estaba contento. Eran unas lonas para atar carga, conocidas por lo resistentes. Salvatierra se las pagaba bien y el amigo de Luis se fue haciendo de unos pesos. Decía que se las daban en un depósito de ferrocarriles.

Una mañana apareció en el galpón un tipo enorme con una cachiporra en la mano, preguntando dónde estaban las lonas de su camión. Haciendo un estruendo, golpeaba, desafiante, las paredes de chapa, decía que le habían informado que ahí habían ido a parar las lonas que le habían robado. Salvatierra —que después lo pintó a este camionero como un cíclope panzón— le hacía señas de que se calmara, pero como el tipo quería una explicación y mi padre no hablaba, se enojaba más y, para colmo, cuando vio sus lonas a medio cortar y estirar, amenazó con partirle la cabeza. Luis tuvo que explicarle que mi padre era mudo. Quizá porque Salvatierra demostraba su inocencia manteniéndose tranquilo, el camionero no lo golpeó. Finalmente lograron hacerlo sentar y le explicaron la situación. El camionero les pedía la dirección del chico para ir a buscarlo, y Salvatierra tuvo que mentirle, diciéndole, a través de Luis, que no sabían dónde vivía. El tipo decía que, de todos modos, iba a ir a buscarlo a la estación, porque ahí se las habían robado de noche después de descargar el trailer. Mi padre me mandó a buscar plata a casa para pagarle las lonas. El camionero se fue contando los billetes.

Salvatierra mandó llamar al chico. Cuando apareció en su bicicleta, lo agarró del brazo y lo hizo caminar por la calle. Me hizo señas de que fuera con ellos. El chico me miraba, asustado, para ver si yo le explicaba qué estaba haciendo mi padre.

—¿Dónde me lleva? —me preguntó.

Salvatierra hizo el gesto de agarrarse la visera de una gorra invisible.

—A la policía —le dije al chico.

—¿Por qué?

Salvatierra hizo como que se calzaba un guante y cerró uno a uno los dedos de la mano. No hizo falta que lo tradujera.

—No voy a robar más, le juro, don —decía desesperado.

Nos detuvimos en la esquina. Lo miró a los ojos, lo señaló, se llevó la mano al hombro como cargando algo y se señaló el pecho.

—Dice que trabajes para él.

El chico aceptó. Salvatierra lo tuvo haciendo mandados durante un par de semanas; después le consiguió un trabajo en el Correo donde se quedó quince años antes de entrar en la Municipalidad. Actualmente tiene ahí un cargo importante en el que hace un trabajo no muy distinto del que hacía con las lonas. Ése fue el amigo de Luis que consiguió que nos rehabilitaran el servicio de agua cuando estuvimos una semana en Barrancales.

Debe haber habido cientos de metros de la obra de Salvatierra pintados sobre lonas robadas de los camiones que descargaban mercadería en la estación de tren a principios de los años setenta.

16

Los holandeses llegaron unos días después de que yo empezara a buscar el rollo faltante. Se llamaban Boris y Hanna. Llegaron en una camioneta Traffic alquilada, donde traían un enorme escáner del Museo Röell para digitalizar cuadros en su tamaño original. Hanna, con sus sandalias y sus camisolas étnicas, parecía más dispuesta que Boris a afrontar la aventura latinoamericana, pero partió poco después hacia Misiones, supuestamente porque no hacía falta en el trabajo. Yo creo que huyó de las famosas cucarachas del Gran Hotel Barrancales.

Su misión era escanear varios tramos de la tela, enviarlos digitalizados a Holanda y después esperar instrucciones. El trabajo lo hicieron Boris y Aldo, que se entendieron bien a pesar de no poder cambiar una palabra. Era llamativo verlos juntos: Boris espigado, con una calva rodeada por una cortina de pelo largo y rubio; Aldo, retacón, con el pelo crespo y negro. Bajaban los grandes rollos entre los dos y los iban poniendo en el escáner, que copiaba dos metros de tela cada cinco minutos. Yo los ayudé el primer día, pero después noté que los estorbaba, porque me paraba en su camino cuando venían cargando un rollo o porque tenían que corregir la forma en que había puesto la tela sobre la máquina. Entonces me quedé al margen, con los brazos colgando, junto a Hanna, que probablemente sentía lo mismo.

Conversé un poco con ella, a la sombra del galpón, mientras los demás trabajaban. Le mostré cómo se tomaba mate y contesté las preguntas que me hizo sobre Salvatierra y el río. Ella me contó, en un castellano como pronunciado hacia atrás, de su posgrado en artes del barroco americano, de su interés por la influencia jesuita, del trabajo con Boris a pesar de su separación. No voy a negar que fantaseé un encuentro sexual furtivo con esa mujer tan linda, pero no pasó nada. Ni yo lo intenté ni creo que irse a la cama con un tipo como yo haya estado entre sus planes de exotismo latinoamericano. Hanna se fue al día siguiente a conocer las ruinas de San Ignacio, en Misiones.

17

Cuando ya la tarea estaba encaminada, decidí ir al edificio del Correo donde Salvatierra había trabajado muchos años. Ingresó allí en el año 35, llevado por un hermano de mi abuelo que no toleraba verlo vagar por el río sin trabajar en algo productivo. Mi abuelo no lo había mandado al colegio, había aceptado que no participara del espíritu ganadero junto a sus otros hermanos, y lo dejaba deambular fuera de su vigilancia estricta, esperando quizá que le llegaran por sí solas las consecuencias de ese desinterés. Pero, al contrario de lo que todos imaginaron, a mi padre no le fue mal en la vida. Gracias a la insistencia pedagógica de sus primas, Salvatierra tenía una caligrafía y una ortografía impecables, y redactaba muy bien cartas. De hecho, era mucho más letrado que mis tíos, a quienes de poco les sirvió ser grandes jinetes y enlazadores a la hora de administrar esos campos que primero heredaron y más tarde, fundidos, tuvieron que vender. Salvatierra empezó en el Correo como ayudante de un empleado y con el tiempo se fue ganando su lugar.

En el viejo edificio me recibieron con desconfianza. Les pregunté a distintos empleados si recordaban a Juan Salvatierra o si sabían de alguien que trabajara desde antes del 75, el año de su jubilación. Me fueron derivando de una persona a otra, entre pasillos lúgubres, puertas altísimas y salas enormes. Nuestras voces sonaban chiquitas ahí adentro, desproporcionadas, como si fuéramos los enanitos que ocupábamos ahora ese edificio que había pertenecido a una raza de gigantes.

En una oficina me recibió una mujer mayor, huesuda. Chupando un cigarrillo, me miró con ojos verdes y grandes. Cuando me presenté, se emocionó mucho, me dijo que ahora entendía por qué, al verme entrar, mi cara le había parecido conocida. Me hizo pasar y estuvimos hablando un rato. Se llamaba Eugenia Rocamora y había empezado a trabajar ahí cuando tenía veinte años. Me mostró el despacho que había sido de Salvatierra (yo ya lo conocía, él me había llevado de chico alguna vez). Me contó cómo todos lo respetaban y lo querían. Me mostró una vieja foto del personal del Correo, en las escaleras de entrada, donde estaba Salvatierra sonriendo.

—Ésta era yo. Mirá qué linda que era —me dijo y me miró con una chispa de simpatía y de tristeza.

Efectivamente se veía que había sido una mujer hermosa.

Cuando le pregunté si sabía algo de la pintura de Salvatierra, si alguna vez él le había contado algo de que regalaría una parte, me dijo que ni siquiera sabía que Salvatierra pintaba. Me acompañó hasta la salida y por el camino me mostró una placa con muchos nombres donde figuraba el de mi padre. Eran los empleados jubilados que habían trabajado por más de cincuenta años en el Correo.

18

En la calle el cansancio me bajó de golpe. Pedaleé sin ganas hacia las afueras, donde las calles parecían pintadas por Salvatierra: los almacenes descascarados, la gente que tomaba el fresco en la vereda, los árboles podados como muñones y las vacas atadas, pastando entre las zanjas. A veces pasábamos por ahí cuando él me llevaba sentado en el manubrio de la bicicleta desde la casa cerca del Parque Municipal hasta el colegio.

De pronto, en una cuadra sin asfaltar, un perro negro me ladró, tirándome tarascones a los pies. Vi que un viejo de barba blanca y puntuda lo retaba desde la puerta de su casa. Tenía un bolso en la mano. Lo miré bien porque me llamó la atención. Se parecía a Mario Jordán, el amigo de papá. Me acerqué y, entre los ladridos del perro, le dije:

—¿Usted es Mario Jordán?

—Sí.

—Yo soy Miguel Salvatierra, hijo de Juan Salvatierra.

—Ah, ¿qué decís?

Jordán estaba en camiseta, pantalones y alpargatas. Trataba de cerrar un bolso lleno de cosas. Tendría ochenta años.

—¿Está por salir? —le pregunté.

—Sí —me dijo y miró para los dos lados de la calle—. ¿Vos me podés dar una mano?

Me dio el bolso y lo apoyé sobre el manubrio. Fuimos caminando juntos, despacio.

—¿Adónde vamos?

—Para allá, a la vuelta del cementerio.

Cada tanto miraba para atrás.

—Metámosle pata que me andan siguiendo —dijo, y trató en vano de acelerar el paso.

Me di vuelta y no vi a nadie.

—¿Quién lo anda siguiendo?

—Uno al que le debo plata. No mirés para atrás.

Caminaba casi arrastrando los pies, levantando a veces la mano para señalar la dirección hacia donde teníamos que ir, como queriendo agarrarse del aire para ir más rápido.

—¿Usted se acuerda de Salvatierra? —me animé a preguntarle.

—¿Cómo no me voy a acordar? —contestó, medio enojado, y no dijo nada más hasta la esquina.

—¿Se acuerda que pintaba?

—Ahá.

—¿Y no sabe si él regaló un rollo de su pintura?

—Ahora hay unas lanchas nuevas, más ligeras, pero vamos a la estación —dijo.

Le repetí la pregunta.

—Ya vamos a ver —dijo—, ya vamos a ver.

Me estaba empezando a impacientar. Había sido un error acompañarlo. Ahora el viejo quería ir a la estación de tren.

—Pero no corre más el tren, Jordán —le dije.

—Ahora volvió. A las seis y media hay uno.

Dejamos la bicicleta apoyada en la pared de ladrillo y subimos los peldaños de la estación. Había pasto entre las rajaduras del piso de cemento. Estaba todo cerrado. No había nadie. El tren no pasaba desde hacía quince años. Me hizo bajar el bolso y ponerlo junto al andén. Los yuyos casi tapaban las vías.

—Vamos volviendo, Jordán, el tren no corre más —le dije.

—Seis y media viene uno. ¿Usted tiene reló?

—Sí, son cerca de las siete —mentí.

—No es nada. A veces viene medio atrasadito.

No sabía qué decirle. Se me ocurrió seguirle el juego.

—¿Y usted va a viajar así en camiseta?

Se miró y dijo:

—Qué lo parió, carajo. Así no me van a dejar subir.
¿Usted me puede prestar la camisa?

Le dije que no y entonces quiso abrir el bolso para
ver si había traído algo para ponerse. La cosa se hizo
larga y empezaba a atardecer. De pronto escuchamos
una voz que decía «Abuelo». Jordán se quedó inmóvil.

—Lo llaman, me parece.

—La cajetuda esta —dijo sin mirarla.

Una señora se acercó. Me pidió disculpas y me dijo
que cada tanto se les escapaba. Le dije que Jordán
había sido amigo de mi padre y le conté que quería
hacerle algunas preguntas.

—Venga de mañana a verlo. Está menos perdido
—me dijo. Agarró el bolso y se lo fue llevando a Jordán del brazo.

Di una vuelta por la estación, pero me fui enseguida
porque ver tanto abandono empezó a entristecerme.

19

Salvatierra podía estar una hora sin pintar, parado frente a la tela, o cerca de la salamandra de hierro que calentaba un rincón del galpón en los meses más fríos, o a veces sentado en un sillón de barbero que había comprado en un remate. Se quedaba pensando, inmóvil, tal vez premeditando lo que iba a pintar. De pronto, pasaba junto a él una mosca y la agarraba al vuelo de un manotazo. Nunca fallaba.

Sintonizaba la radio local donde sonaban los chamamés, las polcas paraguayas, las chamarritas, entre voces de locutores que repetían como siempre las mismas publicidades y los comentarios infinitos del Carnaval.

Con ese ruido de fondo, se quedaba a veces ocultando la cabeza entre las manos. Quien no lo conociera, podría haber pensado que estaba deprimido, pero sólo estaba absorto en su trabajo. De repente se levantaba y empezaba a trazar unas líneas. O si no, se ponía a hojear libros de grabados y de láminas, que juntaban polvo en un estante. Con el tiempo, fue formando una biblioteca de arte, sobre todo después del 60, cuando empezaron a imprimirse reproducciones a color. Me acuerdo de una colección que se llamaba *La pinacoteca de los genios*. Le gustaban artistas muy diversos, Velázquez, los bodegones de Zurbarán, Caravaggio (tenía una lámina de la conversión de san Pablo clavada con una chinche a una columna), Degas, Gauguin, Cándido López, incluso las metamorfosis de Escher, las fotos de frisos romanos, los frescos minoicos. Le interesaban los retablos medievales donde un mismo personaje aparece varias veces a lo largo de un paisaje. Miraba durante horas esos cuadros. Yo sé que trataba de aprender constantemente. Absorbía todo lo que le sirviera, con una libertad absoluta, haciéndolo propio. Salvatierra no había tenido oportunidad de ir a museos; esos libros eran una forma de seguir enseñándose.

A veces se ponía a buscar algo en una gran mesa que había sido de una tabacalera, sobre la que juntaba hojas secas, insectos, láminas, huesos, cosas traídas por el río o encontradas: raíces, maderas gastadas, piedras redondas de boleadoras indias, fragmentos de vidrios de colores, de todo. Tomaba un objeto y lo estudiaba de cerca para pintarlo en algún sitio de la tela.

Me acuerdo que una tarde, después de una tormenta, salimos a dar una vuelta y yo recogí un escarabajo con un cuerno largo, de esos llamados «toritos», que venía cruzando por el barro del camino. Lo llevé al galpón y al día siguiente vi que Salvatierra lo había pintado gigante, ocupando toda la altura de la tela. Al agrandar su tamaño (de hecho, a veces miraba las cosas con lupa), captaba muy bien el aspecto de máquina fría que tienen algunos insectos; ese escarabajo parecía un acorazado, con patas dentadas, ojos chiquitos y crueles, y ese enorme cuerno que funciona como pinza para llevar en alto a sus presas, un cuerno evidentemente asesino en la cabeza de un cuerpo compacto.

Esos tipos de estudios de plantas o de insectos parecían los bocetos de Dios antes de la creación. Primero aparecía el estudio, detallado, por ejemplo, de una libélula, como si estuviese inventándola, incluyéndola por primera vez en el universo de su tela. En distintos colores, la dibujaba de arriba, de abajo, de frente; y sólo más adelante, después de unas semanas, cuando ya parecía haberse olvidado del asunto, reaparecía la libélula por sí misma, con toda naturalidad, ya más pequeña, viva, integrada al ambiente de una escena.

Siempre me extrañó cómo las cosas aparecían y desaparecían de la obra. La tela era una larga intemperie donde los seres podían irse y reaparecer tiempo después. En la música suele ocurrir algo similar con los temas que reaparecen con variaciones. Una vez Salvatierra pintó un pichón de liebre que yo había encontrado y más tarde, si bien la liebre se me murió, la pintó dormida entre los pastos. «¿Es la mía?», le pregunté yo, y él asintió moviendo la cabeza. «¿Dónde se había escondido?», dije y él me señaló los colores y los pinceles.

Quizá por ese aspecto de intemperie sin límite que tenía la tela me cuesta llamarla cuadro, porque cuadro es una palabra que sugiere un marco, un cerco que guarece algunas cosas, y eso es lo que Salvatierra quiso evitar. Le interesaba la falta de borde, de guarida, la comunicación inevitable entre los espacios. En su obra los límites están filtrados, cada criatura está a merced de las otras, atrapada en la crueldad de la naturaleza. Todos son presas. Incluso los humanos.

Salvatierra quería dar la impresión de que, una vez incluida en la pintura, una criatura podía cruzar el espacio pintado, avanzar por la tela y reaparecer. Nadie está protegido. Ni siquiera las escenas en la privacidad de una casa consiguen estar aisladas o seguras, siempre hay alguien acechando en la penumbra, espiando, o un hombre duerme mientras la fauna enferma de sus pesadillas va entrando por los espejos de su habitación. No hay «adentro», no hay casa, todos están desamparados en ese territorio de colores que no se detiene nunca.

Salvatierra pintaba todos los días. Cada sábado, al pie del lugar donde había llegado ponía la fecha en azul. Había semanas en las que llegaba a pintar cinco metros, y otras en las que pintaba uno; nunca menos. Y eso variaba según el grado de detalle que tenía cada segmento. Pero nunca se detenía, porque para él la tela misma no se detenía. Esa parecía ser su manera de exorcizar el bloqueo. Era como si la tela sola se fuera enrollando hacia la izquierda para siempre, de un modo que él no podía evitar. No se permitía volver atrás. Si algo que había pintado no le gustaba, lo volvía a pintar más adelante con alguna variación, pero no lo corregía encima. Las cosas que estaban pintadas eran inalterables, como el pasado.

A veces, en la tela, esa fuerza que empuja hacia adelante como un torrente es tal que las cosas se empiezan a inclinar, a perder peso. Hay partes donde las figuras están pintadas horizontales, arrastradas por la correntada de la vida, como si la fuerza del tiempo superara a la fuerza de gravedad.

Este desequilibrio empezó a volverse más evidente después de la muerte de mi hermana, en el año 59. Primero Salvatierra empezó a pintar rincones del campo, bastante siniestros, muy solitarios, entre chañares y espinillos. Son escenas saturadas donde cada centímetro parece estar cruelmente vivo. En una, hay una nena parada inmóvil a la que se le trepan multitudes de hormigas por la pierna, un enjambre de avispas le rodea la cabeza y le tapa la cara. Todo el espacio es una competencia de seres que se pican y se comen, se usan los unos a los otros para sobrevivir y reproducirse.

Después Salvatierra empezó a pintar a mi hermana de un modo menos doloroso: ahogada, como dormida, purificada por el río, una Ofelia de aguas cálidas y turbias. Salvatierra había querido pintar la fuerza del río en su tela, y el río le había pedido a cambio a su hija de doce años. El río se la llevaba despacio pero implacable, sin que él pudiera detenerlo. Y así la pintó: Estela ahogada en el remanso de los sauces; Estela entre los peces monstruosos, su pelo enredado entre los juncos de la orilla, su vestido pesado, los párpados en la corriente calma; Estela apenas visible bajo la superficie, entre las nubes del reflejo del agua.

Ahí es donde todo se empieza a inclinar por el ventarrón de las horas, la gente aparece horizontal, empujada por la corriente invisible, los árboles se despeinan hacia el costado, los animales, la lluvia, todo se cae hacia un lado sin poder detenerse. Hasta que más adelante se empiezan a poner de cabeza, se empiezan a volcar hacia abajo, y en un momento de desequilibrio absoluto, en el que creo que mi padre debe haber estado cerca de la locura, ese universo se invierte, el

paisaje da una vuelta campana, el cielo queda abajo y
la tierra arriba, como si mi padre hubiera vuelto a ver
el mundo desde el miedo de estar colgado del estribo
de un caballo que galopa desbocado entre los árboles.

20

No había timbre en lo de Jordán, así que golpeé mis manos. Un cachorro amarillo se me acercó curioso. Después apareció el perro negro del día anterior. La casa estaba al fondo de un terrenito; era una construcción cuadrada, de dos habitaciones con el cemento sin revocar. Al lado había una parra para dar sombra. Me estaba por ir cuando escuché un estornudo. Jordán estaba adentro pero no me había oído. Lo llamé. No contestaba. Entonces abrí la puerta de la cerca y entré. El perro me toreó entre gruñidos y traté de caminar sin mirarlo. Cuando llegué hasta la casa se me prendió de la botamanga. Empecé a gritarle «fuera», pero no me soltaba. Entonces apareció Jordán, con el pelo revuelto. Echó al perro y me miró asombrado.

—Soy Salvatierra, ¿se acuerda?

—Ahá.

—Disculpe que entré así, pero estaba golpeando las manos y...

—Pasá, nomás —me dijo.

Pasamos a uno de los cuartos, donde estaba la cocina. Un lugar sin luz, con una mesa y unas sillas. En la pared había un espejito redondo y un almanaque con fotos de jineteadas. Me senté y él se puso a calentar agua para tomar mate. Vi que tenía la mano derecha vendada. Se sentó en el otro rincón mientras se calentaba el agua.

—¿No le hace más al acordeón? —dije para romper el hielo.

—No —contestó, y sacó algo de detrás de la silla—. Ahora le hago a la escopeta.

Me estaba apuntando con una escopeta de doble caño. En Buenos Aires una vez me robaron en un taxi y me apuntaron con una pistola, pero yo no la veía, porque la tenía en las costillas. El tipo debe haber sido policía, tenía el pelo corto y estaba muy tranquilo. Esto era distinto. Un viejo loco, con muy mal pulso, me apuntaba a la cara con una escopeta para matar carpinchos.

Empecé a pararme diciéndole que tuviera cuidado.

—Sentate que te vuelo la cabeza —dijo.

Me senté y él se me quedó mirando.

—Así que Salvatierra... Seguís buscando lo mismo, ¿nocierto?

—¿Buscando qué? —pregunté.

—La pinturita.

—Sí. Pero por qué no baja la escopeta, Jordán. Hablemos tranquilos, ¿por qué me apunta?

—Vos me andás debiendo.

—¿Debiendo?

—Vos sos un pollerudo de mierda, eso es lo que sos.

—No sé de qué me habla. ¿La tiene cargada la escopeta?

—Cartucho Orbea del 16. Dos tiros. Uno para hacerte sufrir y el otro para rematarte.

—Quédese tranquilo, don. Yo me voy a ir. Mañana sin falta le voy a traer eso que usted dice que le ando debiendo. ¿Estamos?

—¡No estamos nada! —contestó enojado.

Me quedé callado y quieto. El agua ya estaba hirviendo. Jordán tenía el dedo en el gatillo. Apuntaba a la cabeza y, por el peso, el caño se le iba desviando hacia mi estómago. Cada tanto lo volvía a levantar.

—Traicionero y, encima, mentiroso. Así que el mudo no era tan mudo.

—Yo no soy Juan Salvatierra, Jordán, yo soy Miguel, el hijo.

—Y yo soy el general Perón. Vos me debés media carga de caballito blanco que quedó en tu galpón.

—¿Qué caballito blanco? —dije.

—No te hagás el sonso, Juan. Vos querés tu pintura, yo quiero mi caballito blanco.

—¿Usted tiene la pintura?

—No. Pero sé quién la tiene. Me traés mi whisky y después vemos.

—¿Cuánto whisky?

—Las cuarenta cajas que me debés.

—Bueno, mañana le traigo —dije, y empecé a levantarme.

—Quedate sentado.

Me volví a sentar.

—¿Vos sabés por qué a mí me dan ganas de matarte? ¿De cuándo nos conocemos nosotros, Juan?

—¿De cuándo? —le dije.

—De gurises nos conocemos. Como hermanos éramos. Todo el día en el río juntos. Fuimos socios. Después vos te quisiste abrir. Yo me la aguanté, ¿o no?

Hizo una pausa para que le contestara, pero no le contesté.

—¿Vos sabías que Ibáñez y el Vasco Salazar te querían liquidar?

—No.

—Yo los apalabré para que te dejaran tranquilo. Pero cuando me cerraste el galpón... Ahí me dio más bronca, che. No sé por qué te la perdoné.

El viejo se calló, me miró a los ojos y después dijo:

—Así que vos me debés mucho más que el caballito, Juan. La vida me debés.

Yo no dije nada. En eso se oyó que alguien se acercaba chancleteando. Era la nieta de Jordán.

—¡Otra vez jorobando con la escopeta, abuelo! —dijo, y se la sacó como si le sacara el juguete a un nene. Me miró, sacó el agua hirviendo del fuego y me dijo:

—¿Lo tenía asustado con la escopeta? No se preocupe —susurró—. Mi hermano le limó el percutor. A ver esa mano, abuelo —dijo en voz alta, y le empezó a revisar la venda—. Ya se ha andado tocando. Tiene que dejarse quieta la venda. Y cuidado con la olla esa que tiene la manija floja, a ver si se vuelve a quemar.

—Yo me voy yendo. Hasta luego —dije y salí apurado.

El perro me volvió a tirar tarascones, pero ahora, después de haber tenido tanto miedo de morirme, casi me cayó simpático.

21

Pedaleé hasta la telefónica para llamar a mi hermano. No sé por qué, recién después del susto, me dio por temblar. Apenas podía marcar los números. Cuando Luis atendió, le dije que me había encontrado con Jordán. Él apenas se acordaba de quién era. Le conté todo el episodio. Le expliqué que el rollo faltante lo había robado Jordán en venganza porque Salvatierra no le dejó usar más el galpón para guardar mercadería de contrabando. Luis no entendía nada. Yo estaba ansioso y hablaba muy rápido. «Me parece que papá fue contrabandista», agregué y Luis se enojó, me dijo que estaba loco, que tuviera más cuidado con lo que decía, y me preguntó de dónde estaba llamando. Fue una conversación absurda.

Cuando llegué a la casa, no podía dejar de pensar. Mamá me miraba desde su retrato. Ella nunca había querido ni oír hablar de la banda de Jordán. Cada vez que sabía que estaban en el galpón, nos mandaba a mí o a mi hermano a buscarlo a Salvatierra. Siempre se opuso a esas amistades. Salvatierra conocía a esa gente desde la infancia y debe haber sido difícil para él apartarse de ellos. Finalmente, mi madre consiguió que Salvatierra les cerrara el galpón. Tenía un poder de convicción lento y gradual, pero a la larga invencible.

Ella decía que era descendiente del caudillo Francisco Ramírez. Nunca pude armar bien el árbol genealógico de ese lado de la familia. Mi abuelo materno murió al poco tiempo de nacer mi madre. Supuestamente, él era sobrino nieto de Ramírez. Nunca se sabrá. El asunto es que mamá se atribuía ese parentesco y, a veces, el modo en que nos trataba a nosotros y a mi padre parecía corroborarlo. Con los años se fue poniendo cada vez más seca y severa. La muerte de mi hermana la endureció para siempre. No volvimos a verla sonreír.

Salvatierra, con tal de que ella no lo molestara en su tarea de pintar la tela, solía hacerle caso. ¿Por eso Jordán, creyendo que le hablaba a mi padre, me había dicho «pollerudo»? ¿Y Jordán y su gente serían contrabandistas? ¿Cuatreros? ¿Ladrones de caballos? ¿Y Salvatierra había sido su socio alguna vez? ¿Mi padre había sido contrabandista?

Traté de dormir la siesta pero no pude. Di vueltas en la cama mientras las cosas que me había dicho el viejo caían en su lugar, como si fondearan despacio sobre las imágenes de la tela y lo que yo sabía de Salvatierra.

Pude concluir que él había trabajado con ellos alguna vez en algún asunto turbio, probablemente contrabandeando cajones de whisky White Horse. El galpón debe haber sido un lugar muy seguro para ocultar mercadería de contrabando porque nadie sospechaba de Salvatierra, un hombre mudo, empleado del Correo y tan decente. Salvo, quizá, mis tías lejanas, de quienes ahora recordaba la desaprobación del otro día: «En ese galpón podés llegar a encontrar cualquier cosa».

Jordán se tiene que haber sentido traicionado cuando mi padre le cerró las puertas del galpón y quizá por eso, pensé, le robó un rollo de su pintura. Estaba claro que Salvatierra, en algún momento, fue a reclamarla y Jordán no se la quiso dar. O tal vez él no la tenía. Ibáñez y el Vasco Salazar lo habían querido matar. Me acordé de esa vez que el negro Fermín Ibáñez había tajeado la tela. Calculé que yo debía haber presenciado ese episodio a los diez u once años. Yo cumplí once en 1961: el año del rollo que faltaba. Fui al galpón a ver si encontraba la tela tajeada.

Boris y Aldo no estaban. Hasta las tres no volvían a trabajar. El holandés se había adaptado rápido a la pausa de las siestas. Hasta que no llegaron, no pude bajar más de un rollo. Bajé el del 60, lo desplegué despacio, pero no vi ningún tajo ni remiendo en la tela. En algunos tramos había retratos de mi hermana ahogada. Me impresionó mucho verlos porque parecía viva, nadando con sus ojos cerrados, dejándose llevar por el agua. Yo tenía nueve años cuando murió Estela y la recuerdo apenas como alguien que jugaba por la casa y que hacía enojar a mamá porque no comía. Tengo dos fotos de ella en blanco y negro. Siempre igual y congelada en ese instante, unas fotos que, de tanto verlas, ya casi no me dicen nada. Por eso me impresionó verla en colores y con esa habilidad de Salvatierra para captar en pocos trazos lo que amaba, como si todo estuviera vivo. Porque sus imágenes resbalan, se van, no son estáticas, fluyen hacia algún final, hacia su propia disolución en el paisaje.

Cuando llegó Aldo me ayudó a bajar las telas del 59 y del 62. Ninguna de las dos tenía tajos ni remiendos. Estaba casi seguro: la tela que faltaba era la que había tajeado Ibáñez.

22

Al día siguiente entré al supermercado vecino al galpón y recorrí la góndola de licores. Había Chivas
pero no White Horse. Y además me alcanzaba la plata para una sola botella. Pero si quería información
no podía caer con las manos vacías a lo de Jordán, así
que la compré.

Afuera había un camión que frenaba el tránsito, al
intentar entrar de culata en un depósito. Me quedé
mirando porque era imposible hacer que ese camión
entrara ahí. Se me acercó un tipo panzón, de camisa
arremangada. Era Baldoni, el dueño del supermercado.

—¿Cuándo me vende ese galpón, Salvatierra? —me
preguntó.

—Y… Está difícil la cosa.

—¿Quiere pasar a mi oficina, así hablamos más tranquilos?

—Estoy medio apurado.

—Como quiera. Pero fíjese que acá necesitamos espacio para cargar y descargar... ¿Cuánto quieren por el terreno? —me dijo sin más vueltas.

—Lo sacamos de la venta. Ahora hay gente trabajando en el galpón, en una obra de mi padre.

—Sí... ¿Una estatua, algo así?

—Un cuadro.

—Algo me contó el Gordo.

«El Gordo» debía ser el secretario de Eventos Culturales. Como yo no dije nada, Baldoni miró a un costado y dijo:

—Yo les ofrezco diez mil pesos por el terreno.

No estaba mal. Baldoni me miró.

—Bueno —dije—, usted sabe, yo tengo una inmobiliaria... y esa oferta...

—¿En Buenos Aires?

—Sí...

—Pero no va a comparar los precios en Capital con los de acá.

—No, pero... —dije sin aclarar—. De todas formas, cuando se termine el trabajo supongo que vamos a llevarnos las cosas de ahí, y se podrá vender.

—¿Y cuánto falta para eso?

—Y... falta.

Baldoni sonrió, un poco fastidiado. Nos despedimos, y me fui con la botella en una bolsa, colgada del manubrio.

23

Jordán estaba en la puerta, acodado en el cerco, con anteojos y bien peinado. Los perros no ladraron.

—Buen día —le dije, cerciorándome de que no tuviera cerca la escopeta.

—Buen día —dijo, y se me quedó mirando sin reconocerme.

—Soy Miguel Salvatierra. Miguel —le aclaré—, el hijo de Juan Salvatierra.

—Ah, ¿qué decís, che? —me dijo dándome la mano por encima del cerco.

—Acá le traje una botellita que le andaba debiendo mi padre.

Se la alcancé y la agarró, asombrado.

—Pero si yo no tomo hace años. Te agradezco, pero llevala. A ver si la ve mi nieta y se arma la podrida.

Me quedé ahí parado con la botella en la mano sin saber qué decirle. Hoy parecía estar más en sus cabales.

—Jordán, ¿usted se acuerda de la pintura de Salvatierra?

—Sí. ¿La pintura larga que él iba haciendo en unos rollos?

—Sí. Usted sabe que anda faltando un rollo.

—Pero eso lo tiene que tener Ibáñez.

—¿Fermín Ibáñez? ¿El negro?

—El negro, sí. Hay que ver si está vivo. Porque tiene que tener unos cuantos años.

—¿Y dónde lo puedo encontrar?

—Él siempre andaba en el río. Por el lado de la cancha de bochas. A veces iba por ahí cuando estaba cerrado, dicen que andaba a los gritos, haciendo apuestas al aire, conversando solo.

—¿Hacía apuestas y no había nadie?

—¡Nadie! Por acá hay cada viejo loco, también.

—¿Y le parece que Ibáñez tiene la pintura?

—Él fue el que se lo robó —dijo Jordán riéndose—. Se lo quería quemar. Yo le dije que más vale lo venda, ¿para qué lo va a quemar? ¡Vendelo, lo hacés billete! Pero era medio pavo Ibáñez.

—¿Y por qué se lo robó?

—Andá a saber. Cosa de muchachos.

—¿Muchachos? Si tenían más de cuarenta años cuando pasó eso.

—¿Sí? Estarían chupados, entonces. Ibáñez vivía chupado.

—¿Hace cuántos años habrá sido eso?

—Qué sé yo. Una punta de años. Si a Salvatierra no lo vimos más. Nosotros cruzamos al Uruguay porque acá nos andaban persiguiendo los milicos. Querían sacar a los pescadores, por vagabundeo, decían.

Nos quedamos callados. Los perros se habían dormido a sus pies.

—¿En qué año murió tu papá? —me preguntó Jordán.

—En el 90.

—¿Cuántos años tenía?

—Ochenta y uno.

—Mirá vos. Nosotros nos conocíamos de gurises.

—Y cuando Salvatierra trabajó con usted, ¿de qué trabajaban?

—En changas.

—¿Changas?

—Sí —me dijo y no se rió—. Yo tenía un lanchón y llevábamos cal de la calera de Berti, o cueros de la curtiembre Peluffo, lana. Lo que sea.

—¿Ah, sí?

—Sí... ¿Querés pasar a tomar unos mates?

—No, gracias, don, voy de paso.

Nos despedimos.

Me fui hacia el río pedaleando por las calles de tierra, entre zanjas y filas de casas bajas, esquivando pozos, con la botella colgada del manubrio, que tin-

tineaba contra el caño de la bicicleta. La zona estaba descuidada, venida abajo, no parecía haber casas nuevas. No pasaba nadie. Los perros dormían en mitad de la calle. Crucé por el Parque Ortiz, donde jugábamos al fútbol. Seguía en pie el sauce torcido bajo el cual se sentaba Salvatierra cuando venía a vernos jugar. Habían desaparecido los caminos y los canteros, el pasto estaba sin cortar, era un baldío. Un potrillito zaino se rascaba el cuello contra el poste del arco.

24

El holandés y Aldo llevaban casi la mitad de la tela escaneada. El holandés me explicó que había enviado por correo electrónico algunas de las imágenes digitalizadas al Museo y tenía buenas noticias: el Museo había decidido comprar la totalidad de la obra. A mí, al revés de lo que esperaba, la noticia me dio mucha tristeza. Ya no sería nuestra. Debíamos ir preparando los papeles para poder sacar la obra del país. Hasta que eso estuviera listo, Boris debía seguir con su trabajo de digitalización. Si bien eso podía terminar de hacerse en Holanda cuando el cuadro ya estuviera allí, le habían dado instrucciones a Boris de que siguiera trabajando. Querían que tuviera copiada la mayor cantidad posible antes de su vuelta, porque planeaban hacer una presentación de pintores latinoamericanos en una bienal. No faltaba mucho. Boris y Aldo, trabajando dos turnos de cinco horas, lograban cubrir doscientos cuarenta metros de cuadro al día, es decir, alrededor de cuatro rollos. Calculamos que les faltaba poco más de una semana para terminar. Pero quizá lograríamos sacar la obra antes.

Hablé con Luis. Había que averiguar el tema impositivo en la Aduana, ver si las obras de arte estaban gravadas, y pedir quizás alguna solicitud. Me dijo que él se iba a ocupar de eso.

—¿Encontraste el rollo que faltaba? —me preguntó.

—No —le dije—, pero ya sé quién lo tiene.

25

A la tarde me fui hacia la costa, ya decidido a buscar a Ibáñez. Iba a tener que preguntar por su nombre, o por «un pescador negro». No me acordaba de su cara; además debía estar viejo, demasiado cambiado para reconocerlo. Jordán me había dicho que lo buscara por la zona de las canchas de bochas, y para ese lado enfilé. Las casas tenían distintas marcas del agua de las crecientes, algunas por la mitad de las ventanas. Tomé un camino de ripio y me alejé hacia el norte.

Era uno de los primeros días de primavera, sin frío pero húmedo. En la ruta estaban los mismos puestitos de siempre, de carnada, con carteles que decían «Isoca, anguila, lumbrí», con bolsas transparentes llenas de agua donde nadaban unas mojarras.

Dos chicos con gorritas de visera me pasaron en bicicleta. Uno llevaba sobre el manubrio una jaula con un cardenal. El otro, una caña y dos pescados

gordos colgados del cuadro de la bici. Les pregunté si
había buen pique.

—Poco —me dijeron, desconfiados.

—¿Vienen del balneario Vélez?

—No. Del muelle.

—¿Y no vieron a algún pescador viejo, por ahí?
—les pregunté frenando, sin aliento, cuando ya se ale-
jaban.

Los chicos frenaron y se me quedaron mirando por
sobre el hombro.

—Alguno de esos viejos que viven en la costa...
—dije—. ¿Allá por el muelle no hay nadie?

—No. Allá en Los Italianos hay gente.

Les agradecí y siguieron su camino mucho más rápido que yo.

El ventarrón de los autos que pasaban hacía temblar el manubrio. En la entrada de una gomería, vi
que había una canilla y me detuve para tomar agua.
Era una construcción cuadrada, un cubo de cemento,
y atrás sólo el campo, los yuyos. Una señora y dos
chicos tomaban mate en la puerta, sentados en unas
sillitas playeras. Les hice señas preguntándoles si
podía usar la canilla y me dijeron que sí. Los chicos
le daban pedazos de galleta a una cría de nutria. Me
mojé la cabeza, el cuello y la cara. Vi que del alambrado colgaban unos cueros y, como supuse que había algún nutriero, me acerqué.

—Buenas.

—Buenas —me dijeron.

—¿No sabe si anda por acá, por la costa, un hombre que se llama Fermín Ibáñez?

—No, que yo sepa...

—¿No conoce a nadie, por acá, de apellido Ibáñez?

—No, Ibáñez, no —me dijo la señora y se sopapeó un mosquito que tenía en el antebrazo.

Los chicos me miraban curiosos.

Al lado había una carrocería celeste, de Fiat 600, que servía de gallinero. Había ropa colgada de una soga. Ni un cantero, ni una flor, ni una planta. Sólo basura entre el pasto largo.

Me alejé. A medida que me iba ganando el cansancio, empecé a preguntarme qué estaba haciendo, si realmente pensaba que iba a encontrar lo que buscaba. Una pintura robada hacía cuarenta años por un tipo que seguro la habría quemado o tirado al fondo del río.

Me desvié del ripio hacia la costa. El camino tenía un declive suave que me ayudó a seguir, a pesar de mi escepticismo. En la cancha de bochas no había nadie. Las sillas de plástico y las mesas estaban amontonadas en un rincón y el kiosco estaba cerrado.

26

Llegué hasta la zona que llamaban Los Italianos, unos potreros que habían sido tambos primero, después corrales de ovejas y ahora campings. La calle avanzaba a la sombra de una arboleda de eucaliptos. Vi ranchos nuevos que antes no estaban, chaperíos, casillas remendadas. Se había armado una villa en los últimos años.

De atrás de un árbol salió un chico apuntándome con un revólver y me disparó. Me agaché tarde, después de escuchar el estruendo, y perdí el control de la bicicleta. Fui a parar de cabeza al pasto de la zanja. Oí risas. Huyeron corriendo varios chicos que estaban escondidos detrás de los árboles. Les grité. Me miré el cuerpo, no tenía nada, salvo una raspadura en la rodilla. Me levanté. Una chica joven, que caminaba con una palangana anaranjada llena de ropa, vio que yo miraba alrededor asustado, y me dijo:

—Son balas de ruido, nomás.

Le agradecí y no pude dejar de mirarla. Era hermosa; se alejó caminando entre los parches de cascotes y pastitos, con el flip flop de las ojotas, con un vestido celeste y el pelo mojado. Se dio vuelta un segundo. Me gustaría decir que me sonrió, pero no. Se alejó nomás, y yo seguí caminando, sin subirme a la bicicleta.

Me estaba metiendo cada vez más en esa nueva villa, así que me desvié por un camino de tierra que bajaba al río. Enseguida apareció entre los árboles el agua turbia, leonada, que llegaba hasta la otra orilla, del lado uruguayo, que siempre me pareció tan lejano y difícil de alcanzar.

Por la costa había una senda que bordeaba el barranco. Me topé con varios hombres que pescaban con caña. A sus pies tenían pollos despanzurrados a los que les habían sacado las tripas para usar como carnada. Las moscas se amontonaban sobre la carne muerta, sobre los baldes y las botas de goma. Les pregunté si conocían a un tal Ibáñez, un pescador negro. No lo conocían.

Llegué hasta un lugar donde había una pizarra que decía «Hay loros» y otra más adelante que decía «Parrilla El Pajarito». No se entendía si vendían loros vivos o para comer. Después llegué a un puesto de chapa, donde un parrillero flaquito apuraba con brasas varios chorizos. Lo saludé, me senté a descansar y me comí un choripán con un vaso de vino.

Para darle conversación le pregunté hacía cuánto estaba ocupada con gente la zona de Los Italianos.

—¿La villa? —me dijo.

—Sí.

—Y hace como dos o tres años. Ahora, acá en Barrancales —dijo, pensando que yo era de la Capital—, el que no es empleado público es villero.

—¿Y el municipio no da ninguna ayuda?

—¡Qué van a dar…! Si los ladrones esos se guardan hasta los colchones y la ropa de las donaciones.

Después le pregunté sobre Ibáñez. Hizo una pausa mientras pasaba un trapo por el mostrador y me dijo:

—¿Ibáñez? Hay un Ibáñez, pero del lado uruguayo.

—¿Fermín Ibáñez?

—Sí. No estoy seguro del primer nombre —me dijo—. Pero es un pescador que se llama Ibáñez.

—¿Es negro?

—Sí… mulatón, más bien.

—¿Acá enfrente está?

—Sí, medio retirado, un poco antes de Paysandú.

—¿Y cómo puedo hacer para cruzar?

—Acá en lo de Gervasoni, después de la maderera, hay una balsa que cruza con autos.

—Pensé que no cruzaba más…

—Sí, ahora volvió porque la gente no tiene plata

para ir por el puente en auto, por el precio de la nafta y el peaje.

—¿A qué hora cruza?

—Y... A las cinco más o menos.

Caminé hasta lo de Gervasoni, siempre bordeando el río. En el muelle no había nadie. Todavía era temprano. Sin alejarme demasiado, me metí en el monte y me tiré a la sombra de un fresno, junto a la bicicleta. Creo que no tardé en dormirme.

Desperté una hora después, mirando la copa del árbol, sin acordarme de mí. Me sentía dentro de una de esas largas tiradas de ramajes que tanto le gustaba pintar a Salvatierra: el puro espacio entre los árboles, el monte denso, con pájaros escondidos, una composición casi abstracta, muchas veces usada como transición entre escenas, como si el ojo del observador se paseara a la altura de los pájaros que vuelan dentro del monte, lleno de sombras salpicadas de luz, lugares secretos, íntimos, donde no hay seres humanos, donde el ojo mira como si volara, sin tocar el piso, saltando de árbol en árbol, solitario, en la seguridad de la altura, en la espesura del monte de espinillos, algarrobos, talas, ceibos en flor, entre pajaritos como churrinches colorados, calandrias, carpinteros de cabeza amarilla, zorzales, loros.

Me incorporé un poco y vi que una balsa oxidada estaba atracando en el muelle. Venía casi vacía. Después de que un inspector de aduana revisara los documentos, bajaron un auto y dos motos, y unos hombres descargaron cajones de madera. Me acerqué y le pregunté al que parecía ser el encargado si iba a cruzar al otro lado. Me dijo que, si se juntaban algunos autos, podía ser que sí. Esperé un rato largo, sentado en el muelle, mirando el escaso movimiento. Las olitas turbias pegaban contra los pilotes, haciendo bambolear la basura que flotaba.

Un par de veces habíamos cruzado con toda la familia para ir de vacaciones a La Paloma, en Uruguay. Cuando mi abuelo murió, Salvatierra gastó parte de la herencia en esos dos o tres veranos en el mar. Alquilábamos una casa cerca de la playa. Salvatierra se llevaba tramos de tela blanca y pintaba en la galería. A la vuelta los añadía al último rollo. El cruce se hacía en una lancha que nos dejaba en Fray Bentos, y de ahí viajábamos en tren hasta La Paloma, haciendo trasbordo en Montevideo. Para mí, las vacaciones empezaban en esa lancha.

A las dos horas de estar esperando en el muelle de Gervasoni, me sentí cansado. El río me parecía demasiado ancho, como si tuviese que cruzarlo a nado. No sabía cómo iba a hacer para buscar, en bicicleta, a un pescador que decían que vivía en la otra orilla. Al final la balsa no cruzó porque no apareció ningún auto. Pude volverme con la sensación de haber sido derrotado por dificultades insalvables y no por mi propia debilidad. Pensé que sería mejor así. Cuando llegara mi hermano, podríamos ir en su auto por el puente internacional.

27

En el camino vi uno de esos cielos que pintaba Salvatierra. Uno de esos cielos profundos, cambiantes y poderosos. A veces hacía unas nubes dispersas que se achicaban hacia el horizonte, con lo que conseguía darle verdadera dimensión al cielo. Lograba unos espacios aéreos enormes que daban vértigo. Como si uno pudiera caerse dentro de la tela. Yo sabía —había aprendido— qué tipo de cielos le interesaban y algunas tardes, cuando llegaba del colegio al galpón, le decía «Hay un buen cielo afuera» y salíamos a mirar. Es algo que sigo haciendo, sin darme cuenta, aunque Salvatierra haya muerto hace muchos años. Y lo hice esa tarde cuando pedaleaba despacio de vuelta hacia Barrancales: vi el cielo gigante, un cielo de planicie, azul intenso, con nubes como montañas, como regiones, y en silencio le avisé a Salvatierra que saliéramos a mirar.

Muchas veces me pasa que, al ver algo, sé cómo lo hubiera pintado él. Veo higos en una fuente e imagino cómo los pintaría Salvatierra. Veo un árbol, un eucalipto medio gris azulado, y lo veo como pintado por él. O a las personas (esto me suele pasar en las reuniones cuando ya tomé un par de vasos de vino), por momentos las veo oleosas, de colores fuertes, con caras rojas o amarillas, con carcajadas cubistas, o en un gesto que él hubiese detenido, un modo de inclinar la cabeza, de cruzar las piernas, de sentarse.

Tal vez parezca que ésa es mi propia mirada artística que no me animé a desarrollar. Pero nunca tuve deseos de pintar. Siempre sentí que no había nada que no estuviera pintado por él. Me acuerdo de haberle mostrado a los diez años un garabato que hice de submarinos y cohetes. Yo estaba orgulloso de cómo me habían quedado. Una semana después entré al galpón y los encontré pintados en su tela, el submarino y el cohete, agigantados y con más colores, y mi sensación no fue que él me los había copiado, sino que yo se los había copiado a él sin saberlo.

En mi adolescencia solía soñar que tenía a una linda mujer desnuda en mis brazos. Yo la abrazaba fuerte por miedo a que se convirtiera en otra cosa. Pero la apretaba tan fuerte que ella empezaba a ablandarse, a licuarse en colores. Le acariciaba un brazo y se le borroneaba la piel; debajo se veía un color azul viscoso. Entonces la soltaba y se iba derritiendo, yo me desesperaba, asustado, la embadurnaba contra la sábana como matándola, como buscándola, hasta que quedaba plana, imposible y hermosa, pintada para siempre sobre la tela.

Encontrar el tramo faltante era algo que necesitaba hacer para que el cuadro no fuera infinito. Si faltaba un rollo, no iba a poder mirarlo todo, conocerlo todo, y seguiría habiendo incógnitas, cosas que Salvatierra quizás había pintado, sin que yo lo supiera. Pero si lo encontraba, habría un límite para ese mundo de imágenes. El infinito tendría borde y yo podría encontrar algo que él no hubiera pintado. Algo mío. Pero son interpretaciones que hago ahora. Por esos días sólo estaba obsesionado con encontrar la tela; no pensaba en estas cosas.

28

Llegué agitado al galpón. Boris y Aldo ya se habían ido. Abrí la botella de whisky que le había comprado a Jordán. Le pegué un par de tragos y me puse a revolver estantes y cajas. Encontré un dibujo japonés que el doctor Dávila le había regalado a Salvatierra. Era un largo dibujo enrollado, en el que las escenas se iban relacionando cada una con la anterior y a su vez iban motivando progresivamente las siguientes escenas. Algo que sin duda a Salvatierra tiene que haberle interesado.

Encontré pinceles hechos por mi padre, con pelo de todo tipo de animales. Para los trazos más gruesos, pinceles de cola de caballo, que íbamos a buscar a los remates de yeguas viejas donde vendían las bolsas de cerda por kilo. Para los trazos medianos, pinceles del pelo del interior de las orejas de la vaca, que íbamos a buscar a la carnicería de Lorenzo los martes, cuando carneaba. Para los trazos suaves, pinceles de pelo de nutria, que le traía un nutriero viejo llamado Ceferino Hernández, a cambio de una botella de tinto Trenzas de Oro. Para los trazos más finos, para pintar cabellos, pastitos, babas del diablo, pinceles de pelo de gatos negros que los chicos de la cuadra cascoteábamos de vez en cuando, o de plumas diminutas juntadas del piso de la jaula del canario o el cardenal o el misto que tuviera Luis en el patio. Salvatierra hacía el mango del pincel con un tramo de caña tacuara. Juntaba los pelos dentro de un cono para que adquirieran esa disposición, cortaba prolijamente el otro extremo y, una vez atado y encolado, lo metía dentro de la caña. Así fabricaba sus pinceles.

Aldo vino a cerrar el galpón. Le pedí que me ayudara a bajar algunos rollos. Le pregunté cuántos años exactamente había trabajado con mi padre y calculé que los años en que Salvatierra trabajó solo, sin ayuda, fueron diez. Bajamos unos rollos de ese tiempo, y también otros posteriores del 80. Cuando Aldo se fue, durante un rato miré un rollo dedicado íntegramente a las estaciones. No había personas. Sólo se veían de vez en cuando unas figuras diminutas pasando al fondo del paisaje. Los espacios iban cambiando de la luz blanca de las siestas de verano a los aguaceros de abril, y de los campos inundados en invierno a los árboles repletos de hojas nuevas, casi fosforescentes.

Si no me equivoco, lo pintó el año en que derrocaron a Frondizi. Cuando la política —o la humanidad en general— lo desilusionaban, Salvatierra pintaba esos paisajes vacíos, como si quisiera alejarse hasta un lugar donde los vínculos quedaran reducidos apenas a un saludo a la distancia.

Otro rollo, que nunca había visto, empezaba con un tren. En el último vagón, sentado, mirando por la ventana, había un adolescente flaco y melancólico. ¿Era yo? Se parecía mucho a mí. Con una sonrisa nerviosa, el chico se despedía de alguien. Sí, era yo. Me reconocí como en una foto vieja que no sabía que me habían sacado. Mi padre me había pintado así como me vio la mañana en que me acompañó a la estación con mamá. Vi que más adelante en la pintura, el pasto y las ruedas se borroneaban porque el tren ya estaba en movimiento, y yo aparecía también en las otras ventanas del vagón. En una iba comiendo un sándwich. En otra iba dormido contra el vidrio, y había una chica desnuda en el asiento de enfrente, como si fuera mi propio sueño. Me impresionó que Salvatierra pensara tanto en mí. Me impresionó verme a través de sus ojos, porque se notaba cuánto le había dolido que me fuera. Sentí que él me hablaba con su cuadro y que vencía el silencio enorme que había existido entre los dos. Ahora él me hablaba con el amor de su pintura y me decía cosas que nunca había podido decir.

Tomé un poco más de Chivas, no sé cuánto, porque estaba tomando de la botella. Un poco más. ¿Qué fue lo que pasó por esos años? Primero se había ido Luis a Buenos Aires y, al poco tiempo, yo. Supuestamente me iba a estudiar, pero me quise escapar de Barrancales, de casa, y sobre todo del cuadro, del vórtice del cuadro que yo sentía que me iba a tragar para siempre como a un monaguillo que iba a terminar de capellán de ese gran templo de imágenes y tareas infinitas con las telas, las poleas, los colores... Salvatierra había pintado mi huida, como queriendo protegerme, porque las ventanas del tren se convertían después en las ventanas del edificio de la facultad y ahí estaba de nuevo yo, su hijo menor, distraído entre los demás alumnos, con una bandada de loros revoloteándome arriba de la cabeza. Y en otra ventana estábamos con Luis, sentados a la mesa en nuestro cuartito de pensión; Luis contento, sirviendo en un vaso algo que parecía cerveza, y yo fumando. ¿Cómo sabía Salvatierra que había empezado a fumar? Simplemente se lo imaginó, y pintó a su hijo como ya escapado de sus manos, haciendo cosas que él no podía controlar. Ahí estaba su mirada sobre nosotros dos, deseándonos una vida fácil, una vida de estudiantes, sin peligros. Creo que, como escuchaba la radio, se enteraba de lo que estaba pasando en la universidad en esa época. Sobre todo estaría preocupado por Luis, porque sabía que coqueteaba con la militancia peronista. Lo sabía porque yo me refería a él (hasta que empezó a resultar peligroso) como «mi hermano peronista». Pero Luis no tenía demasiada convicción política, más bien militó un par de años para diferenciarse de la inclinación frondicista de papá y para ser aceptado por un grupo de amigos de la Capital. Se alejó de la militancia bastante antes de los años más violentos.

A pedido de Salvatierra, mamá nos llamaba seguido por teléfono para saber cómo andábamos. «Pregunta papá cuándo vienen de visita», decía, y nosotros dejábamos pasar los meses sin volver, hasta que llegaban las fiestas y viajábamos juntos a pasar Navidad con ellos. Pero los dos sabíamos que nos íbamos a quedar a vivir en Buenos Aires, y éramos cómplices en esa especie de traición.

Ya se había hecho tarde. El whisky en ayunas me dio un coraje innecesario, un poco torpe, que me animó a desplegar un último rollo antes de irme. Era de los años ochenta. Al principio vi unos tramos de orillas arenosas y galgos flacos entre los sauces. Después encontré un retrato que Salvatierra les hizo a mi exmujer Silvia y a mi hijo Gastón durante unas fiestas que pasamos en Barrancales. Están pintados ellos dos. Yo no estoy. Como si ya nos hubiéramos separado. Silvia, sentada, desvía la mirada hacia la derecha; mi hijo Gastón, con seis o siete años, está parado, apoyado contra la madre, mirando de frente. Me intimidaron sus ojos. Salvatierra pintaba los ojos como si estuvieran a punto de pestañear. Los ojos de mi hijo, con una mirada transparente, un poco dolida. Como preguntándome por qué pasó todo lo que pasó. La separación y el divorcio y pasarlo a buscar para ir a los bosques de Palermo los sábados a la mañana. Me tuve que sentar.

Me quedé abstraído, mirando. Poco después de ese retrato nos separamos con Silvia. Ahí estaban los dos. Mi mujer y mi hijo. Como si los encontrara donde yo los había dejado. Como si se hubieran quedado ahí esperándome quietos en la oscuridad de la tela durante diez años. Sabía que Silvia tenía parte de la culpa, pero ahí estaba Salvatierra mostrándome lo que yo había perdido. Era difícil de mirar. Mi padre había logrado atrapar lo que a mí se me había escapado de las manos.

29

Estaba oscuro cuando salí del galpón para volver a la
casa en bicicleta. Se veían algunas estrellas y el viento
soplaba fresco. Iba adivinando pozos y cascotes, tratando de esquivarlos. Un par de cuadras antes de llegar, escuché un auto que aceleraba atrás mío. Quise
mirar pero los faros me encandilaron. Sentí que se me
venía encima, y me encerró, amagando pisarme. Ma-
niobré como pude y me acerqué a la vereda, poniendo
pie a tierra, asustado. El auto frenó a unos metros.
Había dos personas adentro. El del lado del acompa-
ñante tenía el brazo colgando fuera de la ventanilla.
Sin mirarme, gritó:

—¡Vendé de una vez esa mierda! —Y el auto arran-
có levantando arena.

No pude verles la cara. Unos vecinos salieron a curiosear y me preguntaron qué había pasado. Yo no
sabía si decirles que había sido un malentendido o

que habían tratado de matarme. Realmente no estaba seguro.

En lugar de ir a casa fui hasta la telefónica y lo llamé a Luis. Cuando le conté lo que había pasado me dijo que probablemente había sido la patota de Baldoni, el dueño del supermercado.

—Es un apriete para que vendamos —dijo Luis.

Parecía muy seguro. A mí me parecía increíble que fuera realmente así. Luis me dijo que si me tranquilizaba hacer la denuncia a la policía, que la hiciera. Le restó importancia, diciendo:

—Nadie nos va matar por un galpón, Miguel.

Para él era fácil decir eso desde lejos. Después me contó que el papeleo para sacar la obra del país no venía bien encaminado. Había estado hablando con un abogado porque, al hacer el primer trámite, había surgido una dificultad. Luis pidió una solicitud a la Comisión Nacional de Patrimonio Histórico y Artístico para llevar la obra al exterior. La Comisión detectó que la obra de Salvatierra, hacía algunos años, había sido declarada «patrimonio cultural de la provincia», con lo cual no podía ser vendida ni trasladada a otro país. Si la provincia no había hecho nada por la obra, teníamos derecho a ir a juicio y pedir la expropiación. Pero eso podía tardar varios años. Yo no podía creer lo que estaba escuchando.

—Por ahora no les digas nada a los holandeses —me dijo.

Me fui para casa, ya no estaba asustado sino enojado. Que la burocracia nos trabara la posibilidad de dar a conocer la obra de Salvatierra, que Baldoni me mandara asustar para que le vendiera el galpón... En la esquina del almacén de los Durst vi que estaba la televisión prendida y me metí a tomar cerveza y a distraerme un rato. Necesitaba un poco de ruido.

30

A la mañana fui al supermercado a verlo a Baldoni en su oficina.

—¿Que yo hice *qué*? —me dijo.

Se ofendió mucho cuando se lo aclaré. Lo negó rotundamente. Dijo que no era su estilo hacer una cosa así. Que él podía estar apurado por comprar el terreno pero que jamás mandaría a su gente a apurar a nadie.

—¿Y su gente a qué se dedica? —le pregunté, subrayando que él mismo aceptaba tener «su gente».

—Yo estoy en la oficina de Bienestar Social. Nosotros distribuimos las donaciones que llegan. Hay gente que me tiene mucha bronca porque creen que yo me quedo con esas cosas, quizá lo confundieron con alguien de mi equipo...

Salí de ahí más desconcertado que antes. Me fui al galpón y los miré trabajar a Boris y a Aldo. Habían adquirido una habilidad mecánica. Iban desenrollando la tela sobre el escáner, tirando cada uno de su lado con un movimiento idéntico, en espejo, y mientras el aparato copiaba ese tramo ellos enrollaban el otro extremo. Hanna volvió de Misiones con tallas en madera con formas de pajaritos, jaguares y yacarés. Por lo que contó, parecieron impresionarle más las cataratas del Iguazú que las ruinas jesuíticas. Contaba cosas a medias en castellano y en holandés, haciéndole aclaraciones a Boris.

Boris me dijo que en el Museo querían saber cómo iba el papeleo para sacar la obra del país. Querían saber cuándo se podría hacer el traslado porque debían contratar un transporte especializado. No le conté de las dificultades de la aduana. Le dije que pronto estaría todo en regla. Boris me dijo que él seguiría trabajando hasta el sábado, que a ese ritmo probablemente terminarían la digitalización para entonces y ya no tendría nada más para hacer. Dijo que quizá se volviera a Holanda hasta que estuviera listo el traslado de la obra.

—¿El sábado es el último día? —le pregunté.

—Sí. Sábado. *Saturday* —me contestó.

Antes de que se fueran yo quería ir a buscar a Ibáñez, del lado uruguayo, quería encontrar el rollo faltante.

El viernes, cuando llegó Luis, resolvimos hacer a la noche siguiente un asado de despedida en la casa, con

Aldo y los holandeses. Todavía no sabíamos qué les íbamos a decir sobre las trabas burocráticas. El asunto no era fácil. Luis, sin ningún resultado, había tratado de hacer entrar en razones a la gente de la Comisión Nacional de Patrimonio. Si una obra había sido declarada de «interés cultural» o «patrimonio cultural» eso no se podía deshacer. Había que seguir los pasos legales de la expropiación. Teníamos que expropiar algo que no sólo era nuestro sino que además había sido rechazado durante años por la institución que ahora, según la ley, tenía los derechos.

Estuvimos un rato en la cocina hablando. Yo propuse que cruzáramos al Uruguay para buscar a Ibáñez. Luis decía que no tenía los documentos del auto necesarios para pasar por migraciones en la costa uruguaya, y que, además, eran ridículas mis suposiciones sobre dónde estaba el rollo faltante. Yo le decía que podíamos cruzar en lancha, sin auto, que quizás incluso sería más fácil buscar a un pescador por agua que por tierra. Él me decía que yo estaba loco. Mi hermano escuchaba mis razones sin mirarme, dando vueltas por la cocina, con una risita despectiva. Se puso a lavar los platos. Le conté lo que me había dicho Jordán y las cosas que yo había descubierto mirando algunos rollos. No me dijo nada; secó los platos en silencio. Luis quería que saliera a la luz la obra de Salvatierra, no su vida. Si Salvatierra había sido contrabandista, él prefería no saberlo. Quería que se llevaran de una vez la obra, parecía pesarle la sombra oculta de toda esa vida enrollada en el galpón.

—Si no querés venir, yo voy solo mañana —le dije para terminar, y me fui al cuarto.

Lo escuché dar vueltas por la casa durante un rato y después me dormí.

31

Me desperté muy temprano, cuando todavía estaba oscuro. Me puse a tomar mate en la cocina, no sabía cómo iba a hacer para cruzar en lancha. Tenía que volver a pedalear hasta lo de Gervasoni. De todos modos, ya me había decidido a hacerlo. Me duché, me puse la última muda de ropa limpia que me quedaba y fui al patio a buscar la bicicleta. Confieso que, como estaba enojado con mi hermano, hice un poco de ruido de más para molestarlo. Puse unas galletas en una bolsa. Fui hasta la puerta de calle y, cuando me estaba yendo, apareció Luis despeinado, sin anteojos, en pijama. El escribano en pijama, pensé. No veía a mi hermano en pijama desde hacía por lo menos veinte años.

—Esperá —me dijo.

Se cambió, tomó una taza de café, y salimos en su auto. El día despuntaba apenas para el lado del río.

—Escuchame —me dijo—, cruzamos en lancha. Pero si no lo encontramos a este Ibáñez antes del mediodía, volvemos.

—No hay problema. Tenemos que estar a la tarde de vuelta para preparar el asado —le dije para tranquilizarlo.

Hicimos en diez minutos el camino que a mí me había llevado una hora pedaleando el día anterior.

Dejamos el auto cerca de la aduana y subimos caminando a una lancha que se suponía que salía a las siete y que salió recién ocho y cuarto, porque estaba esperando un flete de Concepción. El encargado, el mismo del día anterior, nos cobró diez pesos a los dos. Le pregunté si lo conocía a Ibáñez y me dijo que no lo veía hacía tiempo pero que solía estar por una zona llamada El Duraznillo.

Antes de que saliera el sol, el río se puso dorado. El movimiento del agua hacía ver la superficie como enormes láminas de metal que se desplazaban a distintas velocidades. Pudimos comprobar la fuerza del agua cuando la lancha empezó a alejarse de la orilla. El motor se esforzaba en explosiones, con la proa en diagonal, contra la corriente, y sin embargo el río nos ganaba, empujándonos hacia el sur.

Vimos pasar un velero y después una lancha de Prefectura, muy veloz, con gran parte del casco fuera del agua.

Fuimos a la proa y nos quedamos acodados contra la baranda. Luis se acordó de un campeonato de fútbol que jugamos cuando éramos chicos, contra equipos de Paysandú, del otro lado del río; habíamos cruzado un par de veces con las camisetas de colores en un lanchón a gasoil que parecía que se iba a hundir.

Nos quedamos callados un rato, mirando los rulos de agua a los costados del casco. Pasamos a dos hombres en una canoa, y nos pasó un bote con motor fuera de borda, con una familia y sus muebles. Yo pensé en Salvatierra cruzando mercadería de noche con Jordán. No era tan ancho el río, después de todo, y allá del otro lado había otro país, otras leyes. De pronto le agarré el brazo a Luis.

—Tengo una idea.

—¿Qué?

—¿La tela no se puede sacar de la Argentina?

—Y... no.

—Pero del Uruguay sí...

Luis me miró.

—¿Qué querés decir?

—La pasamos para Uruguay y la mandamos a Holanda desde ahí.

—¿La «pasamos»?

—Sí. La pasamos.

A Luis le cambió la cara.

—No estaría mal —dijo y nos reímos, pensándolo.

Las barrancas de la costa uruguaya se acercaron hasta que vimos la tosca blanca, los grandes cascotes desmoronados al pie, junto al agua. Desembarcamos en un puerto nuevo, que no conocíamos. Un inspector de aduana uruguayo nos pidió documentos y bajamos sin saber hacia dónde ir.

Se nos acercó un hombre ofreciéndonos un taxi. Le preguntamos si estábamos lejos de El Duraznillo y nos dijo que eran quince minutos. Nos llevó por un camino de ripio; las casitas a los costados ya mostraban que estábamos en otro país, tenían canteros prolijos con algunas flores y plantas. Tardamos más de quince minutos en llegar. El Duraznillo era un grupo de casas al costado de un camino que desembocaba en el río.

Le pedimos al taxista que nos esperara y golpeamos la puerta en un almacén cerrado. Salió una mujer secándose las manos con el repasador. Le preguntamos si sabía dónde vivía Ibáñez y nos dijo que estaba en la costa, en un terreno municipal donde sacaban broza, pasando la estancia Los Linares. Nos tuvo que indicar cómo llegar porque no conocíamos la zona.

Habría sido más fácil ir por el río pero nadie podía llevarnos. Así que seguimos con el taxista. Agarró un camino de tierra, hablándonos de política, mirándonos por el espejo retrovisor para ver si le respondíamos. Pero no le dábamos pie. Estábamos en silencio como dos asesinos a sueldo. No parecíamos peligrosos pero sí inquietantes. Quizá por eso el tipo hablaba sin parar.

El camino estaba bastante malo y el auto saltaba entre los huellones secos. Pasamos por una estancia llamada Los Lanares (yo, a la señora, le había entendido «Los Linares»). Después había una entrada de camino pero estaba cerrada con una cadena floja. Bajamos. Probamos a ver si la cadena se podía levantar, para que el auto pasara por debajo, pero era imposible. Teníamos que ir caminando hasta la costa. El taxista no nos quería esperar. Era comprensible que no quisiera quedarse ahí, al rayo del sol. Luis le pagó el viaje y otro poco por adelantado para que nos viniera a buscar dos horas más tarde, por el mismo lugar.

Seguimos la huella blanca, atravesando un campo de arbolitos desperdigados. Nuestros zapatos no eran para andar a campo traviesa. Yo tenía mocasines, y Luis unos zapatos de vestir que al rato ya estaban polvorientos. Luis se empezó a agitar, y me pidió que paráramos un poco. Se secó el sudor con el pañuelo. Unos teros, enojados por nuestra invasión, nos pasaron rozando la cabeza. Tenían razón los teros. ¿Qué hacíamos ahí, tan fuera de lugar, bajo ese sol que ya empezaba a calentarnos la espalda?

Para el lado del río los árboles se ponían más tupidos. La costa no podía estar muy lejos. Seguimos caminando y no tardamos en llegar a una casita de material, junto a unos palos de lo que había sido un corral. Vimos que había un hombre desarmando un motor. Lo saludamos de lejos y le preguntamos dónde vivía Ibáñez. Nos dijo que siguiéramos y que al llegar al río, bordeáramos la costa hasta un colectivo viejo. Ahí podríamos encontrarlo.

Bordeamos un pajonal, después una laguna tapada de camalotes, después un monte espinoso y llegamos a la barranca del río. Era extraño ver el río desde la otra margen, como si estuviera corriendo en la dirección contraria, como si el agua subiera y el tiempo fuera para atrás. Caminamos por la costa, pasamos sobre un alambrado y por fin vimos un colectivo gris, sin ruedas, apoyado sobre barriles, con un alero de chapa que salía de uno de los costados. Nos acercamos y golpeamos las manos. No había nadie. En la orilla no se veía ningún bote atado. Pensamos que Ibáñez estaría pescando.

Nos sentamos a la sombra de un árbol, sobre unos cajones que había cerca de un fogón apagado. Conversamos un poco sobre cómo podíamos cruzar los sesenta y cinco rollos de la tela hacia este lado del río. Tendríamos que conseguir una lancha, algún contrabandista dispuesto a hacer varios viajes. Ya veríamos. Nos comimos las galletas que yo había llevado en el bolso. Pasó más de una hora.

Cuando ya estábamos planeando volver, apareció un hombre río abajo, en un bote. Venía silbando algo, distraído. Bajo el sombrero roto no se le veía la cara. Cuando nos vio, aminoró la velocidad con la pala y, desde una distancia cautelosa, nos miró. Parecía demasiado joven para ser él.

—Buen día —dije yo, fuerte pero cordial, tratando de tranquilizarlo, porque entendí que no le gustó nada encontrarse con dos intrusos ahí parados esperándolo en su casa, como una aparición—. Andamos buscando a Fermín Ibáñez.

—¿Fermín Ibáñez? —dijo y le vimos la cara morena.

—¿Es usted?

—No. Mi tío era Fermín —dijo—. Murió hace tiempo ya.

—¿Usted es el sobrino? —preguntó Luis, aunque fuera obvio.

—Sí —dijo—. ¿Qué andaban buscando?

—Queríamos saber si su tío Fermín tenía todavía un rollo de tela pintado que era de nuestro padre Juan Salvatierra. Un rollo así, grande —dije abriendo los brazos—. Una tela con dibujos.

El tipo se nos quedó mirando.

—Su tío y nuestro padre eran amigos —dije yo.

Fue acercando el bote hasta la orilla, ya sin tanta desconfianza. Se bajó, ató un cabo a un tronco caído, se puso al hombro una bolsa y se nos acercó, pero no nos dio la mano.

—¿No sabe si su tío lo tuvo a ese rollo? —preguntó Luis, impaciente.

—Lo tuvo, sí —dijo el hombre—. Lo tuvo guardado, ahí en el motor del colectivo, envuelto en unas bolsas. Después él estuvo preso y murió.

—¿Y dónde está el rollo ahora?

—Yo lo di, hace años.

—¿Lo dio?

—Sí, a Soria, el patrón de acá en Los Lanares. Nunca me pagó. Me dijo que me iba a dar una yegua con potrillo, pero nunca me la dio.

Ibáñez vació la bolsa y cayeron sobre la arena unos pescados viscosos, un surubí y varios sábalos. Se puso a limpiarlos ahí mismo, en el agua. Las mojarras, apenas visibles, se llevaban los pedazos de tripas.

—¿Y no sabe si este señor Soria lo guardó?

—No sé… Dijo que lo llevaba para adorno. Ibáñez terminó de limpiar los pescados y quizá, al ver que no nos íbamos, nos ofreció que comiéramos allí.

—No tengo lujo, pero hay para todos. Tengo vino también.

Luis dijo que en un rato nos pasaba a buscar el taxi por la calle. Yo hubiera aceptado de buena gana. Ibáñez nos convidó con vino tibio en un jarro que fue circulando entre los tres.

Mientras preparaba el fuego nos contó que, según recordaba, el rollo estaba en el capot del colectivo cuando él era chico, en el lugar donde antes iba el motor. Una vez se había puesto a curiosear para ver qué era y su tío lo había corrido a rebencazos. Anteriormente, el lugar había sido un predio municipal donde sacaban broza para hacer caminos. Su tío había quedado encargado de cuidar la maquinaria y lo dejaban usar el colectivo como vivienda. Después, la explotación de broza se agotó y se llevaron las máquinas a otro lugar. Fermín Ibáñez había vivido muchos años ahí, antes de caer preso por matar a un hombre al sur de Paysandú, en una pelea de almacén. Había muerto en prisión. Para entonces, el sobrino de Ibáñez ya vivía en el colectivo. Más adelante, el lugar se empezó a hacer conocido para pescar y él atendió durante un tiempo un puesto de bebidas y una parrilla. Después se empezó a hacer allí, cada febrero, la Fiesta del Pescador, a la que iba gente de todos lados, incluso de la Argentina y del Brasil. Ibáñez nos contó que en una de las fiestas desplegó la tela para mostrarla y Soria, que acababa de comprar la estancia Los Lanares, le ofreció cambiársela por una yegua con potrillo. Soria era fanático de los caballos y la tela, según Ibáñez, tenía una parte donde había pintadas unas carreras cuadreras. Ibáñez, que tenía entonces quince años, aceptó la oferta de Soria, lo ayudó a cargar el rollo en el baúl del auto y nunca recibió nada a cambio. A veces se lo cruzaba a Soria y el viejo le decía «Ya te estoy apartando una yegüita para vos», pero nunca cumplió. Soria había muerto hacía cinco años, los hijos habían ido a juicio por la estancia, contra unos acreedores, y la propiedad había quedado abandonada.

32

—¿Pero usted está seguro de que no hay nadie?

—El único puestero está en la entrada del camino, y vive en pedo o en el pueblo.

Tardamos en decidirnos, o más bien tardé en convencerlo a Luis, que no quería saber nada. Al final subió al bote, de mala gana. Habíamos dejado que el taxi se nos fuera y eso fue, para él, como quemar las naves. Ibáñez nos llevó en su bote río abajo, hasta la estancia Los Lanares. Quizá por el vino que se me había subido a la cabeza, yo estaba casi contento, me causaba gracia verlo a mi hermano, el escribano, sentado en ese bote barroso, agarrado a los bordes, acomodándose todo el tiempo los anteojos con un rápido empujoncito del dedo mayor, como si temiera que se le cayeran al agua.

Bordeamos la orilla sin remar; la correntada nos llevaba lenta pero constante. De pronto, después de un rato, apareció una arboleda menos espinosa, menos autóctona, de eucaliptos y pinos. Ibáñez nos dijo que detrás de los árboles estaba la casa y nos arrimó a la orilla. Bajamos junto a un muelle del que sólo quedaban los postes.

—Más tarde vengo —nos dijo Ibáñez, mientras se alejaba remando.

Nos quedamos parados ahí, mirando alrededor. Estábamos más a pie que nunca. Empezamos a alejarnos del río caminando despacio. Entre los jadeos del cansancio, Luis alternaba cada tanto las mismas frases: «Primero pidamos permiso», «Si está cerrado nos vamos», «No sé qué carajo hacemos acá», «El idiota soy yo que te sigo a vos». La casa apareció de pronto, entre los árboles, un caserón de piedra con torre y balaustradas. Nos paramos en seco.

—Debe haber gente —dijo Luis.

Nos acercamos por el pastizal de lo que había sido el parque, saltando troncos de árboles caídos, ramas secas y un cardal de nuestra altura. De vez en cuando nos deteníamos para dejar de hacer ruido con la hojarasca y escuchar. Pero no ladraba ningún perro, sólo se oía un zumbido como de cigarras, o de avispas, que parecía salir de la casa. De pronto espantamos a una martineta y la martineta nos espantó a nosotros con su silbido y sus aletazos. Llegamos hasta la galería. Había canaletas desmoronadas por algún temporal, pasto entre las baldosas, nidos, tierra. El abandono era total. Rodeamos la casa. En la entrada, Luis golpeó las manos, después golpeó a la puerta. Nadie contestó. La empujó, estaba cerrada.

Tratamos de mirar entre las rejas de las ventanas, pero adentro sólo vimos formas de muebles en la penumbra. Dimos otra vuelta a la casa. Encontré una puerta de madera, con la parte de abajo medio podrida. Me agaché para ver si podía romper una tabla. Luis quería irse. Yo me hacía el que no lo escuchaba.

—¿Qué vas a hacer, ahora? ¿Vas a entrar a robar? Entonces me enojé, me paré y le dije que no pensaba robar nada, que al contrario, pensaba recuperar algo que nos habían robado a nosotros.

—Si vas a estar rompiéndome la paciencia, prefiero que te vayas. Andate —le dije, y se fue, se perdió entre los cardos.

Traté de aflojar la puerta, le di patadas, la empujé con el hombro. Descargué contra la puerta la bronca que había juntado con mi hermano. Estuve un rato así. Cuando me cansaba, paraba y después volvía a intentarlo. Había llegado hasta ahí, ahora no me iba a dejar detener por una puerta vieja. Insistí pero no logré nada, apenas pude desprender unas astillas. De pronto algo cayó a mi lado, un palo; di un salto al costado. Era Luis que venía con una rama enorme. Sin decir nada, la metió en el hueco de la madera carcomida, para hacer palanca. Entre los dos logramos vencer la parte inferior de la puerta, hasta conseguir una abertura por donde podía introducirse una persona.

—Dale —me dijo y yo fui primero.

Fue como entrar a un olor. Un olor a amoníaco y podrido, demasiado potente para respirar. Había que taparse la nariz. Era olor a murciélago. Me paré en la oscuridad. Tanteé buscando una pared y me tropecé con algo de lata.

—¿Qué pasa? —preguntaba Luis, todavía entrando.

—No pasa nada. Cuidado que hay unos tachos acá.

Los ojos se me acostumbraron a la sombra y vi que estábamos en una despensa. Por el hueco que habíamos hecho entraba un poco de luz. Abrimos una puerta alta y entramos en un pasillo, donde pudimos respirar un aire más limpio pero que todavía conservaba el frío húmedo del invierno. Avanzamos con cuidado. Había puertas a ambos lados, todas cerradas. Al final del pasillo no se veía nada. Llegamos hasta un ángulo. Primero pensamos que el pasillo formaba una L, después una U y por último descubrimos que era cuadrado, porque volvimos a la puerta por donde habíamos entrado. Empezamos a abrir algunas puertas del lado derecho. Vimos una cocina con ollas y sartenes colgadas de la pared, unas habitaciones amplias con alfombras y adornos de porcelana, un escritorio, tres baños. Abrimos una puerta del otro lado, del lado interno, y no se veía nada.

—¿Qué hay? —preguntó Luis.

—Está oscuro —dije, y por el eco supimos que era un espacio muy grande.

Entramos, pero como no lográbamos ver, Luis prendió el encendedor. A la luz de la llama tímida, vimos unos sillones, un comedor y, a nuestras espaldas, un animal ahí parado: una rata gigante, del tamaño de un cerdo. Retrocedimos.

—¿Qué es eso?

Yo no dije nada, me quedé inmóvil.

—¡Fuera! —dijo Luis—. ¡Fuera! —Y dio un pisotón para espantarlo. Pero el bicho ni pestañeó.

Yo me empecé a reír de los nervios porque me di cuenta de que era un carpincho embalsamado.

La oscilación de la llama del encendedor lo hacía parecer vivo, respirando. Luis lo tocó con el pie y sonó hueco. Recorrimos el lugar con el encendedor en alto; era un enorme salón que había funcionado como living y comedor. Cuando se nos pasó un poco el susto, yo salí y empecé a abrir puertas.

—¿Qué hacés? —dijo Luis en una especie de grito susurrado.

No le contesté; quería que entrara más luz. Di toda la vuelta al pasillo abriendo las puertas de ambos lados. La luz del día entraba por las habitaciones externas y llegaba hacia el centro de la casa. Cuando estaba por completar la vuelta, oí que mi hermano dijo algo. Entré al salón y lo vi mirando hacia arriba. Miré hacia donde él miraba, y tardé en fijar la vista. Finalmente vi que había algo entre el cielo raso y la altura de las puertas, una serie de formas, como un friso que decoraba la pared alrededor del salón. Era la tela de Salvatierra. Ahí estaba. A pesar de que la luz del sol llegaba débil hasta ahí adentro, pudimos distinguir unos caballos y unas formas humanas. Sentí un gran alivio: ahí estaba el puente, el espacio que iba a tapar la brecha que tanto me molestaba en la obra de mi padre. Por fin me sacaba esa interrupción de encima. Sentí el placer que se siente cuando algo se completa y se vuelve fluido y continuo.

—Hay que bajarlo —dije yo, y enseguida nos pusimos a trabajar.

33

Tuvimos que usar los muebles como andamio. Abajo de todo, pusimos la larga mesa del comedor. Encima, dos torres; una formada por un aparador y otra con dos mesas ratonas y una silla. Le dejé el aparador a Luis porque, para su peso, convenía el más estable. Descubrimos que la tela estaba clavada con tachas a unos tablones. Tratamos de arrancar los tablones pero era imposible. No teníamos herramientas. Busqué en la cocina algo que nos sirviera y llevé unos cuchillos. Al final, lo más práctico resultó ser el pie de unos candelabros de acero que se enganchaban bien bajo las tachas y permitían hacer palanca para sacarlas. Pero daba mucho trabajo. Cada tanto pensábamos en dejarlo para el día siguiente, diciendo que podríamos volver con herramientas y escaleras pero, después de una pausa, seguíamos.

Vimos un fragmento de la tela que mostraba una

carrera de caballos. Ahí estaban los animales, nerviosos antes de la largada, tensos, contenidos, encabritados, y sin embargo delicados, como bestias furiosas paradas con elegancia en la punta de sus dedos. Después, en la escena de la largada, los pelajes parecían salirse del cuadro. Un zaino brillante, un bayo amarillo, dorado, un colorado de fuego, un tordillo blanco resolana; todos explotando en la salida de las gateras como resortes, enormes, mágicos como bisontes rupestres, agresivos, con los jinetes diminutos, apenas prendidos al lomo, incapaces de dominar esa potencia desbocada.

Cuando terminábamos de desclavar unos cinco metros, teníamos que mover el andamio improvisado. Era agotador. Aunque tuviéramos cuidado, el ruido que hacíamos al mover los muebles parecía que podía escucharse a kilómetros a la redonda. Estuvimos así la tarde entera. Las manos se me empezaron a ampollar. Además, al tener los brazos levantados encima de la cabeza, se nos agarrotaban los hombros y el cuello. En un momento busqué agua para tomar, fui a la cocina pero no encontré nada. Estaba cortada el agua corriente de la casa.

Probamos sacar las tachas tirando los dos juntos de la tela pero se desgarraba, había que sacarlas una por una. Calzábamos la base del candelabro, hacíamos palanca y la tacha salía volando, y la escuchábamos caer contra las baldosas. Así íbamos avanzando. En un momento llegamos hasta un fragmento de la pintura donde se veía a una mujer con unos ojos claros, que me parecieron conocidos. Le pedí a Luis el encendedor, lo arrimé a la imagen y de pronto me di cuenta:

—Esta mujer era compañera de papá en el Correo.

—¿Estás seguro?

—Sí —dije—. Estoy seguro.

Ahí estaba Eugenia Rocamora, pintada de memoria, fumando desnuda en la cama de algún cuarto secreto de Barrancales. El sol de la siesta se astillaba en la persiana y caía sobre su cadera joven.

—La conocí el otro día. Es la mujer que te conté que me atendió en el Correo.

Había más imágenes de Eugenia Rocamora. Aunque no siempre se le veía la cara, se notaba que era ella, a veces dormida, con el pelo largo y castaño derramado sobre las sábanas, a veces leyendo un libro, acostada desnuda en una luz blanca que entraba en habitaciones comunicadas unas con otras, porque aunque fuese la misma habitación repetida desde distintos ángulos, Salvatierra las había pintado como si conformaran una sola casa de muchos cuartos, la larga casa de las siestas que había pasado con esa mujer.

Creo que nos sorprendió a los dos, porque ninguno

tenía ni la más mínima sospecha de ese romance. Supongo que mamá tampoco lo había sabido. O quizá sí y se había asegurado de ponerle fin al asunto. No cabía duda de que Salvatierra había tenido una relación con Eugenia Rocamora, seguramente en el 61, año al que correspondía ese rollo. No parecía algo imaginado por él, sino más bien algo pintado poco después, día a día, como un diario de siestas. No había forma de estar seguro de eso. Daba la sensación de una relación corta, una serie de encuentros, un mes quizá, quién sabe, o podría haber sido durante un año al que luego Salvatierra redujo en el recuerdo. Pero parecía una relación corta, imposible, intensa, como un relámpago en su pintura. En algún momento deben haber decidido separarse. No podía durar. Ella tenía alrededor de veinticinco años y él cincuenta y dos, y además estaba casado. Demasiado escándalo para un pueblo chico.

A medida que la íbamos liberando, la tela se nos venía encima, y en un momento la figura de esa mujer desnuda parecía estar cayéndose sobre Luis, que estaba cansado, harto y no muy contento de la revelación de la infidelidad de papá.

Hicimos tres de las cuatro paredes que cubría la tela y nos detuvimos un rato. Ya eran las cinco de la tarde. Luis fumó sentado en uno de los sillones polvorientos. De vez en cuando decía frases escépticas.

—Esto se tendría que haber podrido acá, Miguel. Nos estamos metiendo donde no nos llamaron. El pasado no se escarba así, ¿me entendés?

Yo me senté en otro sillón y no le contesté. Él siguió:

—Lo que le pasa a alguien pertenece a su propia época; no hay que desenterrarlo. Por algo está olvidado. Hay que vivir la vida de uno y dejar tranquilos a los muertos.

Le recordé que ninguno de los dos había tenido demasiada vida propia. Pensé en él yendo al supermercado después del trabajo todas las noches para comprarse una pechuga de pollo y una ensaladita, pero no se lo mencioné.

Le estaba rompiendo los esquemas porque Luis siempre había lidiado con la omnipresencia de Salvatierra, dándole la espalda, tratando de sepultarla en el tiempo. Era su forma de hacer su vida. Y ahora lo estaba forzando a lidiar con eso a mi manera, es decir, recorriendo esa enormidad hasta encontrarle el borde.

Miré la tela a medio descolgar y, para darle un poco la razón, dije:

—¿Te acordás del gesto que hizo en la clínica cuando le preguntamos qué hacer con el cuadro?

—Hizo así —dijo Luis, y copió el gesto de despreocupación de Salvatierra.

—Sí, pero después hizo «ojo» con el dedo y la señaló a mamá.

—¿Y?

—Yo pensé que era «ojo con mamá, cuídenla», pero me parece que quiso decir «hagan lo que quieran con la tela, pero ojo con mamá, ojo que no vea las cosas que pinté».

—Puede ser... No estaba muy convencido de que saliera todo a la luz.

—Sí, pero ahora ya está. Esto no puede ofender a nadie.

Nos quedamos callados para no seguir discutiendo sobre lo mismo.

—Tenemos que dejarlo del lado uruguayo —dijo Luis cambiando de tema—. Se lo podemos dejar a Ibáñez. Así ya tenemos al menos un rollo de este lado.

Nos pusimos a trabajar otra vez, apurados porque Aldo, Boris y Hanna nos estarían esperando para el asado. Sin embargo, el último tramo fue el más difícil, por las ampollas. Tuve que envolverme la mano con un pañuelo. Fuimos desprendiendo una secuencia del río: botes vacíos, atados, en la mañana fría; botes arrimados en medio del agua, con hombres en una especie de reunión clandestina; dos hombres peleándose en la orilla. Era todo muy misterioso. Daba un poco de miedo. No sabíamos con qué nos íbamos a encontrar.

Hacia el final de esa secuencia del río, aparecía una mujer negra, desnuda, como un alma errante, huyendo, perdiéndose entre las varas de duraznillo y las hojas. Cuando empezamos a descolgarla, vi que esa parte tenía una costura, una reparación en diagonal. Era el tajo que había hecho Fermín Ibáñez en la gresca que se armó aquella vez en el galpón, cuando yo tenía once años.

Se lo dije a Luis y no pareció interesarle, o estaba demasiado cansado para contestarme. No me habló hasta que no terminamos el trabajo. Una vez que tuvimos toda la tela en el piso, la enrollamos y la llevamos rodando hasta una ventana. A Luis se le ocurrió enrollarla de nuevo con un palo dentro, para poder llevarla al hombro entre los dos. Usamos la rama que había servido como palanca. Sacamos la tela por la ventana y la cargamos entre los dos. Pesaba como un hombre.

34

Llegamos al río cuando ya se ponía el sol. Ibáñez nos estaba esperando. Al vernos llegar juntó unas líneas que había tirado y nos ayudó a cargar la tela en el bote. Le preguntamos si nos podía cruzar al otro lado.

—Sí... pero está la Prefectura —dijo.

—¿Qué nos pueden hacer? —pregunté.

—Y... no quieren que ande gente cruzando de noche...

—¿Usted cuánto nos cobraría por cruzar? —le pregunté.

—Cincuenta.

Luis sacó cincuenta pesos y se los dio.

Fuimos primero hasta la casa de Ibáñez a dejar el rollo. Lo pusimos bajo unas chapas, envuelto en una lona. Ibáñez colaboraba sin preguntar. Yo aproveché su buena disposición para preguntarle si sabía de alguien que tuviera un bote más grande, una lancha que cruzara cosas de noche, porque con su bote a lo sumo podríamos cruzar dos rollos a la vez, no más de eso. Él sonrió un poco avergonzado y nos preguntó qué teníamos que cruzar.

—Más rollos como éste —le dije.

—¿Cuántos?

—Como sesenta.

Se quedó pensando unos segundos.

—¿Cuándo vienen a buscar esto? —preguntó.

—Mañana o pasado, a más tardar.

—Cuando vengan, yo les voy a tener algo listo.

Volvimos a subir al bote. La noche caía despacio. Ibáñez empezó a remar con la proa hacia la orilla de enfrente. De vez en cuando levantaba los remos y hacía una pausa. Decidimos cruzar lo más derecho posible y después bordear la orilla hasta la altura donde estaba el galpón, para llegar más rápido. Nuestros invitados estarían preocupados. Podíamos caminar esas cuadras hasta la casa y buscar al día siguiente el auto que había quedado en el desembarcadero de la Aduana. Estuvimos los tres en silencio. Se oían apenas los remos, las palmadas del agua contra el costado del bote y la respiración de Ibáñez. Después empezaron a molestarnos los tábanos que nos zumbaban en los oídos.

En un momento vimos una lancha con luces potentes. Ibáñez la vio, pero no dijo nada. Siguió remando sin alterar el ritmo. La lancha pasó lejos y rápido, sin prestarnos atención.

—Era la Prefectura —dijo después—. Andan jodiendo bastante.

Se fue haciendo de noche hasta que casi no nos podíamos ver las caras. Sólo la silueta negra de Ibáñez contra el cielo anaranjado. En una de sus pausas, mientras descansaba un poco, le pregunté si quería que remara yo.

—No, voy bien —dijo, y pareció quedarse inmóvil un instante. Yo me preguntaba qué estaría haciendo. De pronto, de un solo manotazo rápido y certero, cazó un tábano que lo estaba molestando. Tiró el bicho muerto al agua y siguió remando.

Me quedé callado, casi fulminado, mirando su perfil. ¿Quién era ese hombre que remaba? Sentí miedo y una gran confusión. Estábamos en medio del río, apenas había unas lucecitas del otro lado.

Fuimos río abajo hasta el muelle viejo.

—Por acá no hay que hacer bulla ni prender un cigarrillo porque andan tirando con carabina a los botes que pasan cerca.

—¿Por qué? —preguntó Luis.

—De gusto, por probar puntería —dijo Ibáñez—. Mucho gurí drogado.

En el silencio oímos un alboroto, como de una gran

fiesta, a pocas cuadras, y vimos un resplandor en el cielo. Una claridad.

Sentimos que la proa se clavaba en la arena y nos bajamos.

—Nos vemos en unos días —dijo Luis.

—Pasen bien —dijo Ibáñez y se alejó remando.

Estaba por perderse de vista en la oscuridad cuando lo llamé:

—¿Ibáñez?

—¿Qué?

Traté de verlo pero ya se había perdido en la noche. Su voz, sin embargo, parecía estar todavía cerca, quizá por ese raro efecto del sonido que resbala sobre el agua mansa sin perder fuerza.

—¿Su madre murió?

—Sí, hace tiempo —dijo desde la sombra.

—¿Era negra?

—Sí, negra era.

—¿Y su padre?

—No lo conocí.

—¿No sabe nada de él?

Estuvo un instante sin responder y después su voz sonó de más lejos:

—Que era mudo, nomás.

35

Luis subió la barranca delante de mí y empezó a caminar apurado, sin detenerse. ¿Había escuchado lo mismo que yo?

—Luis —lo llamé—. ¡Luis!

No lo vi darse vuelta, me di cuenta recién cuando lo tuve encima y me agarró de la camisa.

—¡¿Cómo le vas a preguntar eso?!, ¡¿cómo le vas a preguntar eso?!

Me quise zafar. Estaba igual de conmocionado que él. Le dije que me soltara, le agarré las manos y traté de empujarlo. Forcejeamos.

—Soltame —le decía, pero no dejaba de zamarrearme.

—¿Cómo le vas a preguntar eso?

Nada tenía sentido. Lo empujé fuerte y caímos al suelo. Supongo que en la oscuridad no teníamos edad. Nos peleamos igual que en la adolescencia.

Luis no me largaba. Los perros de la cuadra ladraban. Parecía una pelea de borrachos. Le dije varias veces que no era mi culpa. Por fin me pude parar y logré que me soltara. Quedó sentado en medio de la calle de tierra.

Lo esperé, pero como no se levantaba, seguí caminando y después escuché que él venía detrás.

¿Teníamos un medio hermano? A lo mejor Salvatierra había tenido un hijo con esa mujer negra que aparecía retratada. El negro Ibáñez se había enfurecido esa noche de juerga en el galpón al reconocer a su hermana en el cuadro. Quizás incluso sabía que Salvatierra había embarazado a su hermana. Por eso el negro Ibáñez tajeó el cuadro y más tarde lo robó o colaboró con Jordán para robarlo. ¿Habría sido así? ¿Y además el amorío con Eugenia Rocamora, la mujer del Correo? ¿Habría habido más mujeres de las que no sabríamos nunca? ¿Y más hijos?

Todo esto me caía encima mezclado con el cansancio. Me sentía agotado, aturdido dentro de mi propio cuerpo. ¿Quién había sido mi padre? Me pareció que no lo conocía. Me pareció que acababa de verlo remando nuestro bote, su perfil contra el cielo naranja. Salvatierra había sido como las dos márgenes del río. Mi madre y esa uruguaya negra. ¿En cuál de las dos márgenes estaba él? Quizás estaría siempre oculto ahí donde se tocan las orillas por debajo del agua.

Nos fuimos acercando al alboroto que parecía haber más adelante. Vimos que había gente que corría hacia un resplandor a unas cuadras de ahí. Pensé que había algún espectáculo frente al supermercado. Cuando un chico nos pasó corriendo, le pregunté:

—¿Qué hay?

—Un incendio —dijo.

Me acerqué rápido, pero algo en mí parecía estar caminando hacia atrás, huyendo. A cada paso se hacía más patente que estaba sucediendo lo que me temía.

36

El galpón estaba en llamas.

Sé que corrí y que me tuvieron que atajar unos vecinos. Pero tengo imágenes confusas de ese momento. El galpón se estaba incendiando; el techo parecía haber colapsado y se asomaban violentas hacia arriba las llamaradas. Grité que les avisaran a los bomberos, y me dijeron que estaban en camino. Por la forma en que yo actuaba pensaron que había gente dentro. Me acuerdo del calor en el cuerpo. Y la sensación de no poder aceptar lo que estaba pasando. Era demasiado injusto. El trabajo de una vida entera se estaba perdiendo en el fuego. Me desesperé pidiendo baldes y agua, pero me agarraban de la ropa, trataban de tranquilizarme porque era en vano y yo forcejeaba. No podía aceptarlo. Era como si se estuviera quemando mi vida y la de mi familia. Mi memoria, mi infancia. El tiempo juntos, los años de Salvatierra, sus colores y su esfuerzo, su talento, sus días, su cariño enorme y silencioso por el mundo. Todo se estaba quemando. El sentido de su vida, el esfuerzo mío también y de Luis y de mamá. Las imágenes de Estela viva en la pintura, sus ojos como a punto de mirarte. El río infinito quemándose para siempre. No era justo.

Luis me pasó el brazo sobre el hombro y lo vi llorar. Nos quedamos así mirando, respirando el aire caliente de la impotencia por no poder apagar ese infierno. El óleo de la pintura y la tela hacían que los rollos ardieran como antorchas gigantes. Llegaron Aldo, Boris y Hanna, que nos habían estado esperando en la puerta de la casa. No podían creer lo que veían. Preguntaban qué había pasado y nosotros les preguntábamos lo mismo. Dijeron que habían terminado el trabajo a las siete. Habían cerrado la puerta con candado. No habían dejado nada encendido. Por suerte, como era el último día, habían sacado el escáner y el equipo. Boris se quedó quieto mirando, con la botella de vino para el asado en la mano; después daba vueltas en círculo puteando en holandés, y volvía a detenerse. Cada uno se lamentaba a su manera. Los vecinos que se acercaron a mirar, entretenidos, no entendían la dimensión de la pérdida.

Después llegaron los bomberos pero no pudieron hacer nada. Nos preguntaron qué había adentro y cuando se lo explicamos nos dijeron que era material altamente combustible, que sólo se podía impedir que el fuego se propagara hacia los terrenos vecinos.

Para qué hablar de la tristeza de ver eso arder toda la noche, y de la madrugada cuando recién pudimos entrar en ese olor chamuscado y las cenizas negras en un pantano de agua y las vigas de metal dobladas y la salamandra de hierro que fue lo único que quedó en pie. No pudimos recuperar ni un solo metro de los rollos del cuadro de Salvatierra que estaban guardados en el galpón.

37

Ahora, en el lugar hay una playa de estacionamiento. Era lo que Baldoni quería. Lo vi en un documental francés sobre la vida y la obra de Salvatierra. No se pudo comprobar que el incendio hubiera sido intencional, ni que fuera Baldoni el culpable. Pero no cabe duda de que fue su gente la que lo hizo. La puerta había sido forzada. Él alegó que habían sido sus adversarios políticos, que entraron creyendo que el galpón era suyo. Supuestamente creyeron que dentro había donaciones incautadas, como colchones y cajas con comida, pero no encontraron nada y, en venganza, lo prendieron fuego.

Nosotros le vendimos el terreno a otra persona para no vendérselo a Baldoni, pero esta persona se lo vendió poco tiempo después.

Recuperamos el rollo que había quedado en lo de Ibáñez, del lado uruguayo. Cruzamos con los holandeses por el puente internacional. Luis no quiso venir. Aldo no pudo porque no tenía documentos. Así que fuimos Hanna, Boris y yo, y logramos escanear el rollo, el único que sobrevivió al incendio.

En un momento pude apartarlo un poco a Ibáñez y decirle lo que creía. Le dije que quizá su padre había sido Salvatierra, y que tal vez éramos medio hermanos. No noté demasiada reacción en él, como si no le interesara o como si la noticia le llegara ya demasiado tarde para importarle. Yo sentí que tenía que decírselo a pesar de lo incómodo que pudiera resultarnos. Le dije que, en parte gracias a él, se había salvado el único fragmento existente del cuadro de Salvatierra. Le conté del incendio y lamentó que ya no se fuera a hacer el cruce de los rollos, porque ya había apalabrado al dueño de una lancha bastante grande, me dijo.

Boris y Hanna se llevaron el único rollo de tela y toda la obra digitalizada. En la aduana dijeron simplemente que la tela la habían pintado ellos mismos y no tuvieron problema alguno. Así fue como llegó la tela al Museo Röell, en Ámsterdam.

38

Hace tiempo leí esta frase: «La página es el único lugar del universo que Dios me dejó en blanco». No me acuerdo dónde la leí. Me impresionó porque yo sentí eso con mi padre. Nunca fui muy creyente, porque la idea de sumarme un padre espiritual al enorme padre biológico que ya tenía me parecía agobiante. Entendí la frase como «la página es el único lugar del universo que papá me dejó en blanco». Uno ocupa esos lugares que los padres dejan en blanco. Salvatierra ocupó ese margen alejado de las expectativas ganaderas de mi abuelo. Se adueñó de la representación, de la imagen. Yo me quedé con las palabras que la mudez de Salvatierra dejó de lado. Empecé a escribir hace un par de años. Siento que este lugar, este espacio de la hoja blanca, me pertenece más allá de los resultados. El mundo entero cabe en este rectángulo.

Mi hijo Gastón se dedica a la música. Es bajista en una banda. Le va bien. Vive en Barcelona. Fui a visitarlo hace dos años, busqué trabajo sin mucho éxito y al final me volví. Ahora vivo en Gualeguay, a pocas horas de viaje de Barrancales. Trabajo a la tarde en un diario local. A la mañana escribo mis cosas y camino por las calles tranquilas.

Un fin de semana, cuando estuve con Gastón, volamos a Ámsterdam para visitar el Museo Röell. Lo hice porque él me lo pidió. Tuve que tragarme el orgullo; yo había jurado que no pisaría nunca el lugar. No quedamos en buenos términos con la fundación del museo porque apenas nos pagaron un cinco por ciento de lo que habían propuesto.

Me convenció mi hijo. Llegamos una mañana al nuevo edificio que alberga la colección de arte latino-americano. Está cerca del Nieuwmarkt. Dejamos los abrigos en el guardarropa, pagamos los boletos y fuimos hasta donde está la tela que rescatamos con Luis. Ocupa toda la pared de una de las salas. Fue extraño ver ahí, del otro lado del mundo y bajo la luz artificial, la intimidad de las siestas de Eugenia Rocamora que en un momento parece estar soñando con caballos encabritados que se lanzan a correr en las cuadreras y se desbocan hasta la playa y vadean ya sin jinetes el río hasta la otra orilla donde se esconde entre la sombra verde la madre negra de mi medio hermano Ibáñez.

Pero lo más sorprendente vino cuando bajamos las escaleras hacia el viejo pabellón y de pronto, en la pared de un largo pasillo curvo, vimos el cuadro de Salvatierra. Emite una luz inquieta, de acuario. Va pasando por esa pantalla del tamaño exacto que tenía la tela.

La obra entera, digitalizada, pasa lentamente de derecha a izquierda, como si fuera uno el que se desplaza río abajo, o cuadro abajo. Nos sentamos con Gastón a mirar. Vimos cosas que Salvatierra pintó antes de morir: la cocinera tuerta que lo curó cuando casi lo mata el caballo, su amigo Jordán tocando un acordeón del que caen chorros de agua y peces, sus primas desnudas en el río, bajo esa luz lacia de los sauces, mi madre tomando mate sola en el patio de la última casa. Noté cómo la gente pasaba y se sentaba en el banco ubicado a lo largo de la pared para mirar un rato el cuadro. Ahora todos podían verlo. No estaba mal lo que habíamos logrado con Luis, al fin y al cabo. Vi la cara de la gente sonriendo sorprendida ante las imágenes extrañas, la luz y los colores de Salvatierra. Ahora estaba todo junto, ahora la obra podía fluir completa, sin brechas, continua, y yo estaba con mi hijo de veintitrés años que podía ver lo que había hecho su abuelo, ese cuadro que nos abrazaba a todos, como

un espacio donde las criaturas podían moverse libre-
mente, sin límites, porque no había borde, no había
fin, porque vimos, después de un rato de estar con
Gastón ahí sentados, que los peces y los círculos del
agua pintados en lo que habíamos creído el borde
final del último rollo del cuadro se ensamblaban per-
fectos con los círculos del agua y con los peces de lo
que había sido el primer borde pintado por Salvatierra
cuando tenía apenas veinte años.

«¡Me atravesaba un río, me atravesaba un río!»
Juan L. Ortiz

❊

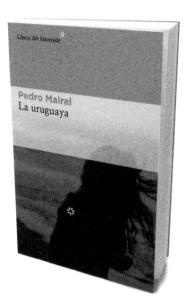

«Escrita con fluidez y utilizando un español rioplatense vivísimo que casi se escucha, la novela nos conmueve, nos hace pensar, nos coloca en la piel de otros y lo hace con brillantez. Pura literatura que estremece y pura vida en ella.»
Ascensión Rivas (El Cultural)

«*La uruguaya*, con su tono menor, su fabulosa recreación de Montevideo, su odisea de masculinidad ridícula y su absoluta perfección narrativa es una novela que podrá leerse durante los próximos cincuenta años como un clásico de nuestro siglo.»
Alberto Olmos (El Confidencial)

«La lista de cualidades de *Una noche con Sabrina Love* no es corta. Si el primer mandamiento de la literatura es estar dispuesto a dejarse llevar, Mairal es una apuesta segura.»
Jaime G. Mora (ABC Cultural)

«Leer a Pedro Mairal es regresar a la invención pura y a un lugar de excelencia literaria que nunca faltó en Argentina.»
J. Ernesto Ayala-Dip (El País)